LA FUNAMBULE

Données de catalogage avant publication (Canada)

Rouy, Maryse, 1951-
La funambule
(Caméléon) Pour les jeunes de 9 à 11 ans.
ISBN 2-89428-862-X

I. Titre. II. Collection: Caméléon (Hurtubise HMH (Firme)).

PS8585.O892F86 2006   jC843'.54   C2006-940019-9
PS9585.O892F86 2006

Les Éditions Hurtubise HMH bénéficient du soutien financier des institutions
suivantes pour leurs activités d'édition:

– Conseil des Arts du Canada;
– Gouvernement du Canada par l'entremise du Programme d'aide
  au développement de l'industrie de l'édition (PADIÉ);
– Société de développement des entreprises culturelles du Québec
  (SODEC);
– Gouvernement du Québec par l'entremise du programme de
  crédit d'impôt pour l'édition de livres.

Éditrice jeunesse: **Nathalie Savaria**
Conception graphique: **Marc Roberge**
Illustration: **Mylène Henry**
Mise en page: **Diane Lanteigne**

© Copyright 2006
Éditions Hurtubise HMH ltée
Téléphone: (514) 523-1523 - Télécopieur: (514) 523-9969
www.hurtubisehmh.com

ISBN 2-89428-862-X

Distribution en France
Librairie du Québec/D.N.M.
www.librairieduquebec.fr

Dépôt légal/1er trimestre 2006
Bibliothèque nationale du Canada
Bibliothèque nationale du Québec

Imprimé au Canada

MARYSE ROUY

LA FUNAMBULE

Passionnée par le Moyen Âge, **MARYSE ROUY** s'intéresse à tous les aspects de la vie à cette époque. Avec le personnage de Jordan (dans la collection Atout), elle nous a fait découvrir l'apprentissage du métier de seigneur à l'époque féodale. Cette fois, elle raconte les aventures d'une fillette qui se déroulent au Moyen Âge.

Maryse, qui enseigne au primaire, connaît bien les lecteurs auxquels elle s'adresse. Elle sait combien sont importantes l'amitié et la loyauté pour les enfants d'aujourd'hui, tout comme elles l'étaient pour ceux du Moyen Âge, malgré les siècles qui les séparent.

La fête des « Miracles de Notre-Dame »

1

Montpellier était en liesse. En ce 31 août 1242, les habitants de la ville célébraient « Les Miracles de Notre-Dame ». Agnès se penchait dangereusement à la fenêtre de l'étage pour ne rien perdre de la procession. C'était du moins l'avis de Maria, la gouvernante, qui la tirait par sa tunique.

— Tu vas tomber. Recule !

— Je me tiens, ne t'inquiète pas.

Mais Maria s'inquiétait. Elle s'inquiétait sans arrêt. Comment préserver des dangers une fillette de dix ans qui n'en faisait qu'à sa tête ? Depuis la mort de la mère d'Agnès, emportée par une épidémie de grippe peu après la naissance de l'enfant, Maria aidait le docteur Calvet à l'élever. Elle en avait toujours pris soin comme si elle avait été sa propre fille, et Agnès lui témoignait une grande affection, même si elle lui obéissait peu.

— Je les vois ! Ils arrivent ! cria la fillette d'une voix surexcitée, le corps aux trois quarts hors de la fenêtre.

— Si tu ne recules pas, gronda Maria, gare à ton père !

C'était sa menace habituelle, mais en général, elle ne la mettait pas à exécution, et l'enfant, qui le savait, ne se laissait pas impressionner.

— Ne te fâche pas, Manou, dit-elle d'une voix charmeuse en mettant ses bras autour du cou de la vieille femme.

— Arrête tes simagrées, protesta celle-ci, faussement courroucée. N'espère pas m'attendrir : si tu es imprudente, je tiendrai parole. Et puis, ce n'est pas correct, pour une fille bien élevée, de se tenir ainsi. Imagine que Monseigneur l'évêque lève les yeux et te voie, perchée comme un étourneau au-dessus du cortège.

— Monseigneur ne regarderait jamais en l'air pendant une procession, Manou, tu le sais bien.

— Hum… grogna la gouvernante, sans commenter.

Elle pouvait difficilement dire le contraire. Le prélat était un homme rigide très respectueux du cérémonial. Pour qu'il bronche, il faudrait qu'il se produise un événement tout à fait hors du commun. Peut-être qu'un étourneau, un vrai, vienne se percher sur sa crosse, pensa irrévérencieusement Agnès. Elle se représenta l'oiseau sur le long bâton recourbé de l'évêque et fut prise d'un fou rire. Malgré l'insistance de la gouvernante, elle refusa de lui révéler ce qui l'amusait tant. Maria aurait été offusquée de son irrespect.

La procession était partie depuis longtemps de la cathédrale Notre-Dame des Tables. Elle passait dans chaque quartier, chaque rue, chaque place, car tous les habitants de la cité avaient payé pour être sur son trajet et recevoir la bénédiction de l'évêque. Comme elle débouchait rue Fournarie, Agnès vit que le religieux venait en tête, juché sur sa mule, et aussitôt après, le représentant du roi d'Aragon, seigneur de la ville. Vêtu d'une tunique brodée, l'épée au côté, le chevalier marchait au pas de son cheval caparaçonné d'or et de pierreries. Il était suivi de la noblesse, les dames chevauchant les haquenées, de douces juments, et les seigneurs leurs palefrois, magnifiques chevaux de parade. Avec leurs riches atours, ils suscitaient l'émerveillement des badauds massés contre les façades et agglutinés aux fenêtres des maisons. Les douze consuls administrateurs de la ville venaient à pied, et à leur suite, les soixante-douze métiers, chacun organisé selon la hiérarchie : les chefs de métier en tête, puis les compagnons et finalement les apprentis.

Soudain, vêtus de noir comme des religieux, apparurent les médecins. Agnès cessa de s'agiter et de pousser des cris, au cas où son père lèverait la tête, car elle ne voulait pas qu'il la surprenne en train de se démener à la fenêtre. Mais lorsqu'il passa, elle put constater l'inutilité de sa précaution : le docteur Calvet ne bougea pas un cil. Le danger écarté, elle se pencha de nouveau pour guetter le passage des élèves de l'école du monastère. Ils venaient à la fin, derrière les étudiants de l'université, et avaient revêtu leurs aubes blanches de cérémonie. Parmi eux, Agnès chercha Pierron, son voisin. Bien qu'il soit au milieu du groupe, faisant fi de toute prudence, il lui adressa un petit signe de la main. Pour aussi discret qu'il fût, l'un des maîtres s'en aperçut. Il leva la tête, vit Agnès et dit quelques mots à Pierron. Elle s'en voulut de son pari idiot. Elle aurait pourtant dû savoir que son ami ne reculerait pas. Lui allait être puni, et elle devrait tenir sa promesse. Elle évalua la hauteur de la poutre qui traversait la rue au niveau de l'étage. C'était bien assez pour se rompre le cou. Qu'est-ce qu'il lui avait pris de dire à Pierron : « Si tu me fais un signe pendant la procession, je marche

sur la poutre comme Tibert » ? « Pari tenu »,
avait aussitôt répondu Pierron. Maintenant,
si elle ne s'exécutait pas, il l'accuserait
d'avoir peur parce qu'elle était une fille.
Elle avait eu cette idée stupide en voyant
le chat se promener sur la poutre avec une
grande aisance. Seulement, voilà : elle était
un être humain et non un félin indifférent
au vertige et doué d'un sens de l'équilibre
sans défaut.

En réalité, elle savait qu'elle avait
provoqué Pierron par dépit, car elle était
jalouse de ne pas participer à la cérémonie.
Celle-ci était réservée aux hommes, comme
toutes les choses intéressantes, d'ailleurs.

Lorsque la procession les avait dépassés,
les gens suivaient le cortège afin de prendre
part à la fête qui aurait lieu ensuite. Agnès et
Maria descendirent dans la rue pour en faire
autant. Elles se laissèrent porter par le flot
des fêtards. Heureux de ne pas travailler un
jour de semaine, ils riaient, s'interpellaient,
se racontaient les dernières nouvelles.
Des gens étaient venus de l'extérieur de

la cité. Il y avait des paysans de villages environnants, des marchands ambulants voulant profiter d'un afflux de clients, des montreurs d'animaux savants, des jongleurs. Comme eux, la ville s'était parée pour être plus belle : les rues avaient été nettoyées des ordures qui d'habitude les encombraient, les façades des riches demeures arboraient des tapisseries surveillées par des valets armés de bâtons et, partout, des fleurs embaumaient la cité et l'égayaient de leurs couleurs vives.

La fillette avait rendez-vous avec Pierron au pied de la croix de la place du Marché dans le but de faire avec lui le tour de la cité de manière à voir toutes les attractions. Pour cela, elle devait fausser compagnie à Maria. Malheureusement, sa gardienne lui tenait fermement la main. Bien qu'elle ait des fourmis dans les jambes, Agnès s'efforça d'être très sage pour endormir sa méfiance. À son exemple, elle saluait leurs connaissances en faisant, en prime, son plus gracieux sourire.

— Bonjour Monsieur Barousse, bonjour Madame Desangles, bonjour Madame Castex, bonjour Madame Déoux, bonjour Madame Lafforgue, bonjour Monsieur Lajous...

Les gens s'exclamaient, ravis :

— Comme elle est mignonne, cette petite !

Maria, peu à peu, se détendit, mais elle gardait toujours la main d'Agnès bien serrée. Celle-ci commençait à se décourager quand une occasion survint. Au coin des rues Fournarie et Barralerie, il y avait un tonneau de vin offert par les consuls à la population. Maria retrouva là un groupe de voisines qui se régalaient. Elles l'invitèrent à se joindre à leur cercle. Maria se servit à boire et lâcha la fillette. D'abord, pour se faire oublier, Agnès ne bougea pas, mais quand la gouvernante fut engagée dans une conversation passionnée, où il était question d'une nouvelle corvée que les consuls voulaient imposer, elle s'esquiva.

LA FUNAMBULE

Pierron n'était pas encore arrivé, mais au pied de la croix un jongleur faisait son numéro. Agnès se faufila au premier rang des badauds afin de mieux le voir. Tout en lançant en l'air divers objets de tailles différentes, il indiquait la provenance de chacun, faisant rêver les gens avec des noms de lieux qu'ils ne connaîtraient jamais.

— Le menuisier qui a sculpté cette quille dans une branche de noyer vit près de Lange, à l'orée d'une forêt profonde pleine de sangliers d'une grande férocité. La belle pierre lisse que vous voyez là, je l'ai trouvée dans le lit à sec de l'Orb, au début de ce mois, au pied de la cité de Béziers. Quant à la boule de bois, elle m'a été donnée à Saint-Gilles, en échange de l'adresse d'une bonne hôtellerie, par un pèlerin qui allait à Saint-Jacques-de-Compostelle.

Tout en parlant, il faisait tournoyer ses objets, les envoyait de plus en plus haut et les rattrapait avec une grande dextérité. Agnès se prit à rêver à sa vie d'homme libre. Il allait d'un lieu à l'autre, au gré de sa

fantaisie, sans attaches, sans obligations...
Elle qui était si avide de nouveauté se serait
bien vue sur les routes, comme le jongleur.
Le numéro terminé, celui-ci fit le tour du
public, la main tendue. Il récolta quelques
piécettes, mais la plupart des badauds se
dispersèrent comme une volée de pigeons
sans rien lui donner. C'était aussi cela, la vie
du jongleur : son pain quotidien dépendait
de la générosité des gens.

Le jongleur parti, Agnès commença de
s'ennuyer. Pierron était très en retard.
Il avait dû être puni et ne viendrait pas.
Elle songeait à retrouver Maria lorsqu'elle
entendit, derrière elle, prononcer le nom
de son père. Intriguée, elle se retourna.
Elle reconnut deux médecins qu'elle avait
eu l'occasion de voir en sa compagnie.
Comme ils s'éloignaient, sans réfléchir, elle
les suivit.

Un exercice périlleux

2

Agnès réussit à se tenir assez près des médecins pour les entendre. Comme leur conversation se déroulait en latin, une langue ignorée du commun des mortels, ils ne prenaient pas la peine de dissimuler des propos dont ils n'auraient probablement pas souhaité qu'ils tombent dans toutes les oreilles. Quelle chance, pour la fillette, de connaître l'idiome des savants !

Son père avait décidé de l'instruire, même si les filles de sa condition restaient généralement illettrées. Celles qui apprenaient le latin appartenaient presque uniquement à la noblesse. Quant aux garçons qui l'étudiaient, c'étaient les futurs prêtres, médecins, ou bien enlumineurs, comme Pierron, qui était destiné à prendre la suite de son père. Le docteur Calvet était tenu pour un original, et enseigner le latin à sa fille faisait partie de ses décisions que les gens trouvaient bizarres. Maria avait essayé sans succès de le faire changer d'avis, car elle considérait cet apprentissage comme une perte de temps.

Agnès, pour sa part, en tirait profit. Lorsqu'elle ne voulait pas être comprise, elle parlait latin avec Pierron, au grand agacement de Maria. La gouvernante les soupçonnait aussitôt de préparer une bêtise, sachant, par expérience, que c'était souvent le cas. Leurs amis de la rue n'appréciaient pas non plus d'être exclus de leurs conciliabules, et ils les traitaient de savants en affectant un mépris mêlé d'un peu de jalousie.

Le docteur Laramée, qu'elle suivait de très près, mais qui ne faisait pas attention à elle — pourquoi se serait-il méfié d'une fillette? —, disait au docteur Castanède:

— S'il n'y avait pas Calvet, c'est moi que le chancelier choisirait pour lui succéder, mais il s'est entiché de cet original, je me demande d'ailleurs bien pourquoi, et je n'ai aucune chance.

— Il faudrait donc qu'il ne soit plus là.

— Comme il n'a jamais dit qu'il avait l'intention de quitter la ville, et qu'il est encore jeune et très en forme, il n'y a guère d'espoir de s'en débarrasser.

— À moins que nous ne fassions quelque chose.

— Que voulez-vous dire ?

— J'ai une idée.

À ce moment-là, ils s'arrêtèrent devant une maison et frappèrent à la porte. Un jeune homme blond au visage très pâle ouvrit et referma aussitôt au nez de la curieuse. Juste au moment où cela devenait intéressant ! Quelle malchance ! Agnès mémorisa le nom de la rue, prit des points de repère pour reconnaître la demeure, puis repartit en courant vers la rue Fournarie. Elle devait absolument raconter à Pierron ce qu'elle venait d'entendre.

LA FUNAMBULE

Le garçon faisait justement le pied de grue devant chez elle et n'avait pas l'air content.

— D'où sors-tu ? Je t'ai attendue à la croix. On est en train de manquer la fête.

— J'ai eu du mal à échapper à Maria. Mais peu importe, il faut que je te raconte !

— Que nenni ! Tu as parié et tu as perdu.

— Mais enfin, Pierron, j'ai quelque chose de terriblement important à te dire.

Il ricana :

— Tu flanches. Ça ne m'étonne pas de la part d'une fille.

Piquée au vif, elle répliqua :

— Je vais traverser la rue sur la poutre, comme je l'ai dit, mais après, tu m'écouteras.

Déjà, elle était à l'intérieur, grimpait l'escalier jusqu'à l'étage et se juchait sur la fenêtre. Elle se mit debout et se tint à l'huisserie du haut.

Pierron lui cria depuis la rue :

— C'est bon, ça suffit. Je vois que tu n'as pas peur. Redescends dans la chambre.

Mais Agnès ne l'entendait plus. Les deux mains agrippées aux irrégularités de la pierre, elle sortit le pied gauche et s'assura que la prise était bonne; ensuite, le pied droit quitta à son tour la sécurité de la fenêtre. Les dents serrées, les yeux fixés sur le mur tout proche afin de ne pas voir le vide sous ses pieds, elle se concentra pour ne pas tomber. Elle progressait très lentement vers la poutre, collée au mur, bras et jambes écartés, comme un lézard.

Pierron avait pâli. Le jeu allait trop loin. Il fallait qu'elle cesse tout de suite. Elle risquait de se tuer.

— Agnès, retourne en arrière! Tu as prouvé ton courage, c'est assez.

Elle n'écoutait pas, tout entière tendue vers le but à atteindre. Des gens, attirés par les cris du garçon, s'étaient rapprochés, et un attroupement commençait à se former. Ils criaient toutes sortes de conseils, certains parlaient même d'aller chercher une échelle. Agnès ne semblait pas consciente de leur présence. Au bout d'un temps qui parut infini à Pierron, elle parvint à la poutre. Allait-elle s'y engager, ou bien deviendrait-elle raisonnable et ferait-elle demi-tour? Désormais incapable de prononcer un mot, il l'implorait intérieurement de ne pas s'obstiner. «Reviens, Agnès, je t'en supplie», se répétait-il, le cœur affolé.

La fillette amorça un mouvement pour s'aventurer au-dessus de la rue, regarda en bas et hésita. Elle avait peur. Elle eut envie d'abandonner et jeta un coup d'œil vers la fenêtre. Celle-ci lui parut très éloignée. À la perspective de revenir sur ses pas, ses membres se mirent à trembler et elle ressentit une légère nausée. Elle ferma les yeux, se forçant à rester immobile pour reprendre la maîtrise d'elle-même. Peu à peu, ses jambes devinrent plus fermes. Elle pouvait repartir. Mais dans quel sens? La poutre était large et il y avait assez de place pour poser les pieds à plat, mais il n'y avait rien pour les mains, et elle redoutait de lâcher le mur. Pourtant, ce serait trop bête de renoncer maintenant qu'elle était arrivée là. Si elle allait jusqu'au bout, Pierron n'oserait plus jamais mépriser les filles. J'y vais, se dit-elle. Je ne regarde pas en bas et je marche lentement.

Les gens avaient perçu son hésitation. Certains lui criaient de retourner à la fenêtre, d'autres l'encourageaient à continuer. Malgré la force qui semblait la retenir au mur, elle s'obligea à le lâcher. Quand elle eut les deux pieds sur la poutre, les spectateurs retinrent leur souffle. Elle aussi. Elle savait qu'elle avait franchi le point de non-retour : elle n'avait plus le choix, il fallait aller de l'avant. À l'image des funambules qui se produisaient parfois dans la cité, elle écarta les bras pour se donner de l'équilibre. Alors, étonnamment, sa peur disparut : Agnès se sentit légère et sûre d'elle, et son cœur se gonfla de fierté.

Elle était parvenue au milieu de la traversée lorsque Maria déboucha dans la rue. À la recherche d'Agnès, elle venait vérifier, sans trop d'espoir, si elle était rentrée à la maison. Elle fut surprise de voir un attroupement devant leur demeure. Comme tout le monde regardait en l'air, elle en fit autant et aperçut une silhouette sur la poutre. Une fillette, d'une famille de jongleurs, sans doute. Elle se fit la réflexion qu'il ne fallait pas aimer ses enfants pour les obliger à gagner leur vie de manière aussi dangereuse. Soudain, elle reconnut la funambule. Elle eut un tel coup au cœur qu'elle resta un instant figée sur place. Passé le premier moment de saisissement, elle dévala la rue, oublieuse de sa vieillesse et de ses jambes lourdes. Elle se mordait les doigts pour ne pas crier, de crainte qu'en l'entendant Agnès ne se déconcentre et tombe. Bouleversée, elle la regarda avancer très lentement, à tout petits pas. La rue n'était pas large, mais cela lui parut durer une éternité. La foule aussi se taisait. Chaque pas rapprochait Agnès de la sécurité. Encore quatre ou cinq et elle arriverait au mur. Maria, tordue d'angoisse, avait l'impression que cela ne finirait jamais.

Quand elle eut enfin traversé, les gens exprimèrent leur soulagement et leur admiration en applaudissant à tout rompre. Agnès devait encore atteindre la fenêtre de la maison de Pierron, mais le plus dur était fait. Le garçon, à demi soulagé, se précipita à l'intérieur et surgit dans l'embrasure pour lui tendre la main. Lorsqu'elle fut en sécurité dans la chambre, ils s'effondrèrent sur le plancher, épuisés par l'émotion. Les spectateurs, prêts à être généreux, furent déconcertés que personne ne fasse la quête. Ils se dispersèrent en commentant la performance de cette étrange funambule qui ne demandait rien en échange du frisson qu'elle leur avait procuré.

Maria, sa peur dissipée, fut submergée par la colère. Elle entra comme une furie dans la maison de ses voisins, traversa l'atelier d'enluminure, vide en ce jour de fête, monta à l'étage et, avisant Agnès affalée par terre, la saisit à l'oreille en ordonnant :

— Toi, tu viens avec moi.

Agnès protesta qu'elle lui faisait mal, mais Maria ne se laissa pas émouvoir. Elle la traîna chez elle et l'enferma à double tour dans la dépense, une pièce humide et sombre.

La fillette cogna à la porte, la suppliant d'ouvrir, promettant qu'elle ne désobéirait plus jamais de toute sa vie.

— Tais-toi ! Tu devrais avoir honte de mentir ainsi !

— Laisse-moi au moins voir Pierron. Je ne veux pas rester seule.

À ce nom, la colère de Maria flamba de nouveau.

— Il n'en est pas question. Et lui aussi va voir de quel bois je me chauffe. Quant à toi, ton père saura bientôt de quoi tu es capable.

— Je t'en prie, Manou, ne lui dis pas.

Mais la gouvernante ne l'entendait plus. Elle avait quitté la maison pour retourner à la fête.

Agnès resta pendant des heures plongée dans le noir à attendre sa délivrance.

Parfois, elle percevait des couinements. C'étaient des rats. Elle faisait du bruit pour les éloigner ; ils s'arrêtaient un moment, puis recommençaient. À cause d'eux, elle luttait contre le sommeil, malgré son envie de dormir, car elle avait en tête d'atroces histoires de prisonniers dévorés par les rats dans leurs cachots. Quand elle oubliait ces sales bêtes, elle ressassait ses inquiétudes. La menace qui pesait sur son père l'angoissait. Il fallait qu'elle l'en avertisse, mais la prendrait-il au sérieux ? Et puis Maria était vraiment fâchée. Cette fois, elle ne cacherait pas au docteur son dernier exploit. De quelle façon allait-il réagir ? Pourvu qu'il ne l'empêche pas de sortir et de voir Pierron !

Le docteur Calvet

— Qu'est-ce que j'apprends ?

Le docteur Calvet, son grand corps penché au-dessus de sa fille, la regardait. Elle avait l'impression qu'il la considérait comme un animal étrange. C'était un homme très maigre, qui oubliait de manger quand il était absorbé par des observations ou des lectures, ce qui arrivait souvent. Dans son visage creux, le nez rappelait celui d'un oiseau de proie, mais la douceur de ses yeux atténuait la ressemblance. Sous son regard, Agnès n'en menait pas large. Pourtant, il n'avait jamais été dur avec elle. Bien que les châtiments corporels soient considérés par tous les pédagogues de son époque comme un excellent moyen d'obtenir l'obéissance, il n'y avait jamais recours. Il lui suffisait de regarder Agnès avec confiance pour qu'elle fasse de son mieux. Non seulement elle aimait son père plus que quiconque, mais elle éprouvait pour lui un grand respect et redoutait de le décevoir.

Lorsque Maria l'avait délivrée, la veille au soir, en rentrant de la fête, elle avait essayé, avec force cajoleries, de la convaincre de ne rien lui dire. En vain. La gouvernante avait eu trop peur. Cette dernière incartade lui avait prouvé qu'Agnès était d'une folle imprudence, et elle ne voulait pas être tenue pour responsable s'il lui arrivait un accident. Comme, jusqu'alors, Maria lui avait caché ses nombreuses bêtises, le docteur était censé découvrir que sa fille était bien différente de ce qu'il croyait. En réalité, sous ses airs distraits, il remarquait bien des choses, et il avait jusque-là préféré ne pas intervenir puisqu'on ne le lui demandait pas.

— Maria me dit que tu as traversé la rue sur la poutre. C'est vrai ?

— Oui, père.

— Pourquoi as-tu fait ça ?

Agnès aurait préféré ne pas répondre, mais le docteur attendait. Elle avala sa salive et murmura :

— J'avais parié.

— Parié ? Avec qui ?

— …

— Tu ne veux pas dénoncer ton complice ? Je suppose qu'il s'agit de Pierron.

Elle ne dit rien et il n'insista pas, sachant qu'il avait vu juste.

— C'était une drôle d'idée. Comment t'est-elle venue ?

— En regardant Tibert.

— Ah… dit-il en flattant machinalement le chat, couché en rond sur la table, comme de coutume. Et tu as eu peur ?

— Oui, père.

— Alors, pourquoi as-tu continué ?

— Pierron aurait dit que les filles sont peureuses.

— Et elles ne le sont pas ?

Agnès se redressa, regarda son père droit dans les yeux et énonça d'une voix claire :

LA FUNAMBULE

— Non.

L'ombre d'un sourire passa sur le visage du docteur.

— Tu es courageuse, Agnès. Mais ne crois-tu pas que ton courage a été mal employé?

— ...

— Traverser une rue sur une poutre, ça ne sert pas à grand-chose, à part donner des angoisses à quelqu'un qui t'aime beaucoup.

Rouge de honte, Agnès baissa les yeux.

— Maria voudrait que je t'interdise de sortir. Qu'en penses-tu?

Spontanément, elle cria:

— Non, pas ça!

Puis elle se rendit compte que le ton n'était pas assez respectueux, surtout pour une coupable, et elle ajouta plus doucement, avec une nuance de supplication:

— S'il vous plaît...

— C'est pour ta sécurité, tu sais.

— Il ne m'arrivera rien, je serai prudente, je vous le promets.

— Hum… Tu le seras encore plus si tu n'as pas le temps de faire des sottises. Je pense que tes journées ne sont pas assez occupées. J'ai décidé de te mettre en apprentissage.

Agnès ne s'était pas du tout attendue à cela. Maria lui avait répété qu'elle devait savoir tenir une maison pour que son père puisse la marier, à l'un de ses jeunes confrères. Elle se croyait promise à un avenir terne d'épouse de médecin, qui n'aurait jamais rien de plus intéressant à faire dans la vie que de s'occuper de son foyer. Un apprentissage, cela voulait dire que, plus tard, elle aurait un métier et ne dépendrait pas totalement de son mari. C'était inespéré. Mais qu'allait-elle apprendre ? Pas la médecine avec son père, ce n'était pas pour les filles. Sage-femme avec Jeannou, la voisine ? Elle n'était pas sûre d'en avoir envie. Toutes ces femmes qui mouraient en accouchant, tous ces bébés qui ne survivaient pas, c'était tellement triste. L'orfèvre de la rue voisine avait déjà une fille, Alpaïs, à qui, d'ailleurs, il n'apprenait pas son art, mais à tenir boutique. Tous les artisans auxquels elle pensait pratiquaient des métiers d'hommes.

— Agnès, à quoi penses-tu ?

La fillette se rendit compte que du temps avait passé : son père attendait sa réaction.

— Je me demandais à quel apprentissage vous me destinez.

— Est-ce qu'il ne serait pas plus simple de me poser la question ?

— Bien sûr, père, mais…

— Mais tu as peur de ce que je vais dire. Ne t'en fais pas, je veux ton bien. Maître Cazenave a besoin d'un apprenti enlumineur.

Maître Cazenave ! Le père de Pierron ! C'était inattendu, inespéré, magnifique ! Le docteur Calvet, attendri, contemplait le visage ébloui de sa fille, ravi de ne pas s'être trompé. Elle avait l'esprit vif et la main sûre. Bien qu'elle ne semblât pas tenir en place, elle était capable de se concentrer très longtemps lorsqu'une activité la captivait. Elle avait appris le latin rapidement, sans rechigner, de même que l'écriture. Cazenave et lui, voisins depuis toujours, étaient de vieux amis. Ils avaient fréquenté ensemble l'école du monastère et avaient commis autant de sottises que la génération actuelle. Personne n'aurait pu imaginer que ces deux messieurs si sérieux, le médecin sévèrement vêtu de noir et l'enlumineur prospère au ventre rebondi, avaient fait les quatre cents coups quand ils étaient enfants. Ils attachaient des pommes de pin à la queue des chiens et riaient aux larmes en les voyant courir, affolés par le tintamarre qui les suivait; un jour, ils avaient décroché l'enseigne du sabotier et l'avaient cachée derrière le volet de son voisin. Quelle histoire! Après une violente dispute, les deux hommes ne s'étaient plus parlé pendant des semaines. Ils en avaient fait beaucoup, mais la poutre… Là, ils étaient battus. Cette fillette avait du front. Le docteur Calvet regrettait de ne pas avoir assisté à l'exhibition. Il eut un frisson à la pensée qu'elle aurait pu tomber, mais la peur rétrospective était inutile et ce n'était pas la peine de s'y attarder.

Lorsque Pierron et Agnès étaient nés, la même semaine, les compères s'étaient dit : « Quand ils seront grands, on les mariera. » Ils avaient gardé leur dessein secret et personne ne s'en doutait, surtout pas Maria, qui ne savait pas tenir sa langue.

Agnès pensa subitement que maître Cazenave ne serait peut-être pas d'accord et son visage s'assombrit. Elle ignorait que les deux hommes avaient pris ensemble la décision de lui faire apprendre l'enluminure, et ce, depuis longtemps. Dès qu'elle avait montré ses aptitudes en latin et en écriture, ils avaient pensé que ses talents seraient mieux employés dans l'atelier qu'à la cuisine : elle travaillerait avec son mari, et une servante ferait la soupe. Agnès n'en savait rien et craignait que son père n'ait eu cette idée tout seul, sans l'accord de maître Cazenave. Elle n'avait jamais osé espérer devenir enlumineuse, mais elle en avait souvent rêvé. L'idée que, dans quelques instants, ce désir allait se réaliser, ou devenir à jamais impossible, la bouleversait.

— Viens avec moi, allons le voir.

Trois personnes travaillaient dans l'atelier : outre le père et la mère de Pierron, qui s'occupaient de l'ornementation des manuscrits, il y avait Firmin, le scribe, qui copiait les textes. Agnès connaissait bien les lieux, car elle s'était souvent arrêtée, avec son ami, pour observer les artisans. Elle avait envié le garçon destiné à apprendre ce beau métier. Aujourd'hui, elle posait sur tout un regard nouveau. Si son père obtenait que le maître enlumineur l'engage comme apprentie, c'est là qu'elle passerait ses journées, à illustrer de précieux parchemins.

— Ah, dit maître Cazenave, voilà de la visite. Attendez un instant : je dois finir cette frise, la peinture est à point.

— Nous avons tout notre temps et nous prenons plaisir à te regarder faire, répondit le médecin.

Pendant que sa femme préparait les couleurs, il traçait, à l'or fin, le contour de feuilles d'acanthe vertes et rouges, maniant habilement le pinceau. Agnès se demanda combien d'années d'apprentissage il fallait pour réussir une aussi belle enluminure.

À l'insu de la fillette, les deux hommes échangèrent un regard entendu, et l'enlumineur s'adressa à elle.

— Ça te plairait, Agnès, d'apprendre le métier ?

— Oh oui !

— Parfait. Je t'attends demain matin.

Voilà. C'était aussi simple que cela. Son destin avait été décidé en quelques mots. Agnès en était complètement abasourdie.

Comme elle s'en retournait avec son père, il ajouta :

— Quand tu viendras, traverse la rue comme tout le monde. C'est inutile de passer par la poutre, Mademoiselle la funambule.

La plaisanterie fut saluée par un éclat de rire général, et Agnès fut contrainte de rire aussi sous peine d'avoir l'air de ne pas être capable d'accepter les taquineries.

De retour chez eux, elle suivit son père sans qu'il y prenne garde. La question de l'avenir de sa fille réglée, il était retourné dans son bureau pour se replonger dans l'étude du manuscrit qu'il avait délaissé pour s'occuper d'elle. Agnès resta plantée devant sa table de travail jusqu'à ce qu'il s'avise de sa présence.

— Y a-t-il un problème, Agnès ? Tu me sembles préoccupée. Pourtant, j'avais cru que tu étais heureuse d'apprendre l'enluminure.

— Oh oui, père, j'en suis enchantée. Ce n'est pas ça.

— Quoi, alors ?

Elle se sentit soudain mal à l'aise, pressentant qu'au lieu de partager ses craintes, il lui reprocherait d'avoir été indiscrète. Mais il attendait, elle ne pouvait plus reculer.

— J'ai surpris par hasard une conversation à votre sujet.

Son père fronça les sourcils. Visiblement, il n'appréciait pas son introduction. Il fallait pourtant qu'elle l'avertisse. Faisant fi de son air mécontent, elle lui rapporta tout ce qu'elle avait entendu.

Pour lui répondre, il arbora un visage sévère.

— Tu as enfreint plusieurs règles, ma fille, et je n'aime pas ça. Tu as écouté des propos qui ne t'étaient pas destinés, tu les répètes et tu les interprètes.

Elle baissa la tête dans une attitude repentante, et il reprit, un peu adouci :

— Je comprends que c'est parce que tu te soucies de moi, mais tu as tort : mes confrères ne me veulent pas de mal. À partir d'un petit bout de conversation, tu as inventé toute une histoire. Ce n'est pas bien.

Puis il ajouta, de nouveau sévère :

— Je ne veux plus en entendre parler.

— Pardonnez-moi, père, dit-elle avant de s'en aller.

Agnès n'était pas vraiment surprise de sa réaction : le docteur était un savant qui vivait un peu en dehors de la réalité. En l'avertissant, elle avait fait son devoir, mais elle estimait que sa responsabilité ne s'arrêtait pas là. Contrairement à lui, elle croyait au danger et ferait tout son possible pour le protéger de ses ennemis. Puisqu'il ne voulait plus en entendre parler, elle ne l'importunerait plus, mais elle n'avait pas promis de ne plus s'en mêler, et elle était bien résolue à empêcher ce qui se tramait.

Le nouvel étudiant

Pierron trouva Agnès dans le jardin où Maria l'avait envoyée arracher les mauvaises herbes du carré de plantes médicinales. Elle détestait ce travail, et c'était pour cette raison que la gouvernante le lui faisait faire. Maria avait été choquée qu'Agnès n'ait pas été punie par son père et avait décidé qu'elle, au moins, elle sévirait.

Devant le visage radieux de la fillette, qui lui apprenait la décision du docteur de la mettre en apprentissage, la gouvernante n'avait pas trop su comment réagir. Elle ne s'attendait pas à une telle nouvelle, et elle était un peu vexée de ne pas en avoir été informée, d'autant plus qu'il s'agissait d'un projet de longue date, elle le comprenait maintenant. L'apprentissage du latin, qu'elle avait réprouvé, en faisait partie. La fillette allait lui manquer : elle était habituée à l'avoir presque toujours avec elle, et sa présence était une source de joie dans la maison. Bien sûr, elle reviendrait manger et dormir, mais ce ne serait plus pareil. Elle allait subir d'autres influences, et surtout, elle n'aurait plus vraiment besoin de sa vieille gouvernante. Toute à sa joie, Agnès n'avait pas perçu les sentiments de Maria.

Pierron ne tenait pas en place. Il sautait et cabriolait en répétant :

— Je n'irai plus jamais à l'école ! J'ai fini l'école !

— Ah bon ? Je croyais que tu devais étudier un an encore.

— Mon père a changé d'avis. Il trouve que j'en sais assez pour être enlumineur. On va faire notre apprentissage ensemble.

C'était une nouvelle formidable. Agnès pensa qu'elle vivait le plus beau jour de sa vie, et elle voyait bien que Pierron aussi, mais ils étaient trop pudiques pour se le dire.

LA FUNAMBULE

Maria surgit dans le jardin et les tira d'embarras.

— Pierron ! Ta mère t'appelle.

— J'arrive !

Il attendit que la gouvernante s'en aille, puis se tourna vers son amie.

— Agnès, dit-il le ton grave, j'ai eu très peur que tu tombes. Promets-moi que tu ne feras plus rien de dangereux.

L'émotion du garçon la gagna, sa gorge se serra et elle ne put répondre.

Il insista :

— Promets-le-moi.

— Je te le promets, dit-elle enfin d'une voix presque inaudible.

Pendant qu'il s'en allait en courant, elle pensa qu'elle n'avait pas eu le temps de lui raconter ce qu'elle avait surpris à la fête. Pourtant, c'était important, et peut-être même pressé.

Elle ne resta pas longtemps seule avec ses réflexions, car Gautier pénétra dans le jardin. Il venait cueillir de l'armoise, une plante avec laquelle on préparait un médicament contre la fièvre. C'était le plus âgé des étudiants du docteur Calvet. Déjà reçu à l'examen théorique, il ne lui restait plus qu'à finir son stage pratique pour exercer la médecine. Agnès le connaissait depuis toujours, car il habitait la maison voisine. Tout jeune, il avait décidé d'être médecin et s'était attaché aux pas du docteur Calvet auquel il vouait une grande admiration. Celui-ci, qui n'avait pas de fils, l'appréciait beaucoup et le formait pour qu'il devienne son héritier.

Gautier traitait Agnès à la manière d'une petite sœur qu'il écoutait, aidait ou faisait enrager, selon son humeur, au contraire des autres étudiants, qui se désintéressaient de la fillette. Malgré l'affection qu'elle lui portait, elle hésitait à se confier à lui de crainte qu'il ne se moque et l'accuse d'avoir trop d'imagination. Elle tergiversa un moment, puis finit par se convaincre que, si elle voulait sauver son père, elle devait courir le risque d'être ridicule. Elle allait ouvrir la bouche lorsqu'il la devança.

— Tu restes sur terre aujourd'hui ?

Elle répondit par un vague grognement. Après maître Cazenave, c'était maintenant Gautier qui la taquinait au sujet de son numéro d'équilibriste. Elle pressentit que cette histoire la suivrait longtemps.

Comme elle se renfrognait, il lui dit gentiment :

— Allons, souris. Si les taquins voient que ça t'énerve, ils n'arrêteront pas. Le mieux est de paraître indifférente. Ils se lasseront, moi le premier.

Selon son habitude, il s'était comporté en grand frère, qui agace et qui console dans la foulée. Elle se décida à lui faire confiance.

— Hier, j'étais à la croix de la place du Marché…

— Qu'est-ce que tu faisais là ?

— Peu importe ! Écoute-moi au lieu de poser des questions, c'est important.

— D'accord, d'accord, je ne dis plus rien.

— Bon. Les docteurs Laramée et Castanède sont passés devant moi et ils parlaient de mon père.

Elle lui répéta la partie de leur conversation qu'elle avait entendue. Gautier fronça les sourcils.

— C'est inquiétant, ça, marmonna-t-il.

Puis, se souvenant de son rôle d'aîné, il gronda :

— Tu n'aurais jamais dû les suivre, c'était dangereux.

— Et comment aurions-nous été au courant ?

— Oui, bien sûr, mais quand même, s'ils t'avaient vue... Ne fais plus rien de ce genre.

— Il faut bien que quelqu'un s'en occupe.

— Ton père est capable de se défendre. Tu l'as informé, je suppose ?

— Oui, mais il ne m'a pas crue.

— Il n'a peut-être pas tort.

— Toi non plus, tu ne me crois pas ? Eh bien, je me débrouillerai toute seule.

Comme elle s'en allait d'un pas rageur, il la rattrapa et la retint.

— Ne t'énerve pas. Je vais y penser. Mais toi, ne te mêle plus de ça !

— D'accord.

Il la regarda d'un air soupçonneux, trouvant qu'elle avait cédé bien vite, mais elle afficha un visage qui était l'innocence même. Rassuré, il partit préparer sa potion sans se douter qu'Agnès n'avait aucune intention de tenir sa promesse.

La corvée des mauvaises herbes terminée, la fillette aida Maria à la cuisine. Tout en écossant les fèves, la gouvernante lui faisait, pour le lendemain, les recommandations qu'elle jugeait nécessaires.

— Écoute bien tout ce que t'explique maître Cazenave. Surtout, ne discute jamais. Je te connais bien : tu as toujours un mot à dire, mais n'oublie pas que sur l'enluminure, tu es ignorante. Le plus important, c'est d'être respectueuse.

Agnès n'écoutait pas vraiment. C'était comme le ronron de Tibert : un bruit de fond, familier et rassurant. Elle pensait au danger qui menaçait son père et se tracassait de ne pas trouver un moyen de le protéger. Elle doutait de l'efficacité de Gautier : passionné par son travail, il avait dû s'y remettre et ne se souvenait peut-être déjà plus de ses révélations.

On frappa et Maria alla ouvrir. Souvent, des malades venaient consulter le docteur à son domicile. Agnès jeta un coup d'œil machinal à l'arrivant. Son intérêt s'aiguisa aussitôt : il s'agissait du jeune homme qui, la veille, avait ouvert la porte aux deux ennemis de son père.

Il se présenta :

— Je m'appelle Auger. Je suis étudiant en médecine. J'arrive tout droit de Paris et ne connais personne d'autre à Montpellier que ma logeuse de la rue des Remparts. Mais le docteur Calvet est célèbre, et je suis venu pour le rencontrer.

— Je vais voir si on peut le déranger, attendez ici, dit Maria avant de monter péniblement l'escalier.

Agnès prit son air le plus niais et engagea la conversation.

— C'est loin, Paris ?

L'étudiant la considéra avec un mépris amusé.

— Oui, très loin. Tellement loin que tu n'iras jamais.

Il lui déplut tout de suite. « Un prétentieux », jugea-t-elle.

— Tout le monde a la peau blanche comme toi à Paris ?

— Tu es une petite sotte mal élevée. On ne t'a pas dit qu'il est impoli de regarder les gens comme des bêtes curieuses ?

Maria redescendit, ce qui mit fin à un échange qui semblait, de toute façon, arrivé dans une impasse.

— Il vous attend, venez.

Elle s'apprêtait à remonter les escaliers quand Agnès la devança.

— Reste, Manou, je vais l'accompagner.

La gouvernante, qui souffrait des jambes, n'insista pas et retourna à ses fèves pendant qu'Agnès conduisait le jeune homme.

Le docteur Calvet occupait la grande pièce de l'étage. Il y en avait une deuxième, minuscule, qui était la chambre d'Agnès.

Maria avait une paillasse en bas, dans la cuisine. Quand il était à la maison, le docteur vivait dans cette pièce. Il n'en sortait que pour les repas, et encore, pas toujours : parfois, pris par l'étude d'un texte, il oubliait de descendre, et Maria, lasse de l'appeler, lui apportait une écuelle de soupe. Dans cette unique chambre, il dormait dans une alcôve fermée par des rideaux, préparait des potions sur une table à tréteaux et enseignait à ses élèves. Trois pupitres étaient disposés près de la fenêtre afin qu'ils y voient clair pour prendre des notes. Bien que de proportions assez vastes, la chambre paraissait petite tellement elle était encombrée. Cela faisait l'affaire d'Agnès qui, après avoir ouvert la porte à l'étudiant, se glissa derrière le coffre à linge de son père de manière à assister à l'entretien sans que personne s'en aperçoive.

Le jeune homme répéta ce qu'il avait dit à Maria. Le docteur lui demanda le nom de son professeur et fut très impressionné par la réponse. Même Agnès avait entendu parler de maître Aldebrandin, un des savants les plus prestigieux de la chrétienté.

— J'ai voulu faire la dernière partie de mes études à Montpellier, expliqua Auger, à cause de la réputation de votre école de médecine. Mon maître m'a conseillé d'effectuer le stage pratique avec vous parce que je m'intéresse particulièrement aux maladies des yeux et que vous avez une grande notoriété dans ce domaine. Je viens vous demander si vous voulez me prendre comme stagiaire.

Agnès constata avec dépit que le flagorneur avait atteint son objectif : son père était flatté qu'Aldebrandin ait entendu parler de lui. N'ayant pas les mêmes raisons qu'Agnès de se méfier, il ne remarqua pas l'air sournois d'Auger ni l'exagération de ses compliments et accepta le nouveau stagiaire sans réticence. Agnès se glissa hors de la pièce et partit à la recherche de Gautier. Il fallait tout de suite le mettre en garde.

Les confidences d'Agnès

— Commençons par le début, déclara maître Cazenave à ses deux apprentis. Je vais choisir des peaux chez le tanneur et vous allez m'accompagner.

En sortant de l'atelier, ils rencontrèrent le docteur Calvet flanqué de Gautier et d'Auger. Ils partaient visiter les malades. L'enlumineur s'étonna de voir son ami avec un étudiant inconnu. Le docteur, visiblement satisfait, le lui présenta en quelques mots. Gautier semblait très empressé auprès de son nouveau condisciple. Cette attitude, qui provenait de son ignorance de la vérité, faisait enrager Agnès. En effet, il était resté introuvable tout l'après-midi de la veille, et elle n'avait pas pu l'avertir qu'il avait affaire à un menteur.

La ville s'éveillait. Les passants devaient prendre garde aux cris d'avertissement des ménagères qui jetaient, depuis l'étage, le contenu des vases de nuit. Pour éviter les éclaboussures, ils s'éloignaient vivement de la rigole centrale et se réfugiaient sur le haut du pavé. L'enlumineur et ses apprentis saluèrent le cordonnier, qui finissait d'ouvrir ses volets de bois, et le tisserand, occupé à installer son métier au plus près de la rue afin de profiter de la lumière et d'être visible des passants. Il était très important que les clients voient de quelle manière les artisans effectuaient leur ouvrage, sans quoi ils les auraient soupçonnés de vouloir cacher des pratiques malhonnêtes. Les rues étaient engorgées par des paysans qui venaient de la campagne proche vendre leurs produits en ville. Ils guidaient au travers des encombrements leurs ânes chargés de choux, de fèves ou de bois. Des porteurs d'eau criaient à tue-tête « À l'eau ! » pour être entendus de l'intérieur des maisons. Dans toute cette foule, se faufilaient des retardataires, qui couraient vers leur atelier, sans oublier les poules, les porcs ou les chèvres, rôdant en quête de détritus, et aussi quelques chiens qui, parfois, les pourchassaient.

L'odeur de charogne les avertit de leur arrivée dans le quartier des tanneries. Agnès se demandait comment on pouvait vivre dans une telle puanteur, mais ceux qui travaillaient là ne semblaient pas incommodés. Avant de se rendre à l'échoppe où il choisirait ses parchemins, l'enlumineur voulut qu'ils fassent tout le circuit suivi par les dépouilles des moutons et des veaux avant qu'elles deviennent des livres. Ils virent d'abord des gens plonger les peaux, qui arrivaient de l'abattoir, dans un bain de lait et de chaux. Maître Cazenave leur apprit qu'ainsi, il serait plus facile d'en retirer les poils. Il fallait ensuite les gratter pour ôter toute trace de chair et de gras. C'était là que l'odeur était la plus forte, et Agnès eut du mal à réprimer une grimace de dégoût. Suivait le trempage dans du tanin afin que les peaux se conservent. Après cette étape, il était nécessaire de les rincer, raison pour laquelle les tanneurs s'installaient près des cours d'eau. Leur activité les salissait à tel point que plus un seul poisson n'arrivait à y vivre et que l'on disait que ces rivières étaient mortes. Par la suite, on tendait chaque peau sur un cadre pour la rendre lisse et souple. Cette partie de la préparation était la plus délicate : une peau trop étirée pouvait se déchirer, mais si on ne tirait pas assez, elle restait rigide ; dans les deux cas, elle était inutilisable.

Depuis leur départ de la rue Fournarie, Agnès cherchait à s'isoler avec Pierron, mais maître Cazenave ne les lâchait pas. Prenant très au sérieux son rôle de pédagogue, il leur expliquait en détail tout ce qu'ils voyaient. Malgré son désir d'apprendre, Agnès ne pouvait s'empêcher de se laisser distraire par la pensée d'Auger qui l'avait si désagréablement impressionnée.

Dans l'échoppe, l'occasion de parler à Pierron se présenta enfin. Pendant que maître Cazenave comparait les parchemins à la lumière du jour et les tâtait pour vérifier leur souplesse, elle entraîna son ami derrière un tas de peaux et lui chuchota tout ce qu'elle savait. Pierron ouvrit des yeux ronds, dans lesquels Agnès crut voir passer une lueur de doute, ce qui l'exaspéra.

— Puisque tu ne me crois pas, siffla-t-elle entre les dents, je m'arrangerai sans toi.

Il n'eut pas l'occasion de répondre : son père les appelait pour qu'ils observent comment l'artisan préparait les parchemins. Ils le virent prendre une belle peau et la plier en quatre pour former des feuillets qu'il coupa à la bonne taille. Il les passa ensuite à son compagnon qui les réunit en cahiers et les cousit.

— Savez-vous combien il faut de moutons pour une bible ? demanda l'enlumineur aux enfants.

— Je crois que Firmin m'a dit deux cents moutons, répondit Pierron.

— Tu n'as pas écouté son explication jusqu'au bout, répliqua son père. C'était vrai autrefois, quand on laissait de grandes marges et de l'espace entre les lignes. Maintenant, on en utilise à peine vingt pour réduire le coût. C'est pour cela que Firmin bougonne qu'il a mal aux yeux à force d'écrire tout petit.

De retour à l'atelier, maître Cazenave annonça à ses deux apprentis qu'ils allaient aider le copiste. Il avait besoin d'un coup de main pour préparer ses manuscrits. Devant leur air désappointé, il eut un petit rire.

— Vous n'imaginiez quand même pas que vous commenceriez dès aujourd'hui à enluminer une bible ? Il va falloir tout connaître du métier, même les tâches les plus humbles.

Agnès comprit que la première chose à apprendre serait la patience. Mieux valait se résigner tout de suite : rien n'irait vite.

Pour que le copiste écrive droit, il fallait, au préalable, ligner les feuillets à la mine de plomb. C'est la tâche que Firmin leur confia. Il leur montra comment procéder de manière que l'espace soit toujours le même et que leurs traits n'endommagent pas la peau. Les deux enfants lui en préparèrent pour une semaine, un travail fastidieux. Pierron, qui avait autant envie de se servir du canif du copiste que de changer d'activité, lui proposa de tailler ses plumes.

— Tu n'y penses pas, se récria Firmin. Un bon scribe taille ses plumes lui-même. Tu ne saurais pas le faire exactement comme je le veux.

Pierron, déçu, retourna au traçage des lignes. La journée de travail, qui débutait au lever du jour, se terminait quand on n'y voyait plus assez. Courte en hiver, elle était très longue en été, mais les enfants furent libérés plus tôt. Lorsque maître Cazenave lui dit qu'elle pouvait s'en aller, Agnès fit mine de rentrer immédiatement chez elle en ignorant Pierron. Il la retint.

— Ne sois pas fâchée, Agnès, je te crois. J'étais étonné, tout simplement. Tu vas me répéter tout ça en n'oubliant aucun détail. On a le temps, maintenant.

Elle avait trop besoin de partager son souci pour continuer de bouder, et elle décida de lui expliquer toute l'affaire.

— C'est vrai que le chancelier a choisi ton père pour lui succéder ? demanda Pierron.

— Oui, mais il ne l'a pas encore annoncé officiellement. Il lui en a parlé quand il est venu l'autre jour. Je l'ai entendu. Il disait qu'il voulait un homme capable d'écouter les autres, même s'ils ont une opinion différente de la sienne. D'après lui, c'est une qualité rare.

— Est-ce qu'un chancelier est quelqu'un d'important ?

— Oui, très important. Le chancelier est le supérieur de tous les médecins. C'est lui qui décide de quelle façon ils doivent exercer leur art. Il peut même interdire à un docteur de pratiquer s'il juge qu'il ne le fait pas comme il faut.

— Alors, ton père est en danger. Mais nous, on va le sauver, annonça Pierron plein de fougue.

— Très bien, ironisa Agnès, et comment penses-tu t'y prendre ?

— C'est-à-dire…

— Je vois : tu n'en as aucune idée. Moi non plus, d'ailleurs. Si seulement j'avais entendu la phrase que le docteur Castanède a prononcée après son entrée !

— Quand même, tu as découvert qu'Auger est un ennemi, c'est important. Tu vas avertir Gautier. Il le surveillera.

L'étudiant, justement, arrivait, et il était seul. Il s'informa de leur première journée d'apprentissage. Le commentaire d'Agnès sur l'odeur des tanneries le fit sourire.

— Tu sais, dit-il, en médecine non plus, ça ne sent pas toujours la rose.

— Je t'ai vu ce matin avec Auger, le nouveau stagiaire. Que penses-tu de lui ? demanda Agnès innocemment.

— Beaucoup de bien : il est savant et très aimable. Il a vu des quantités de choses pendant son voyage, et je me réjouis de l'entendre les raconter.

— C'est dommage que ce soit un traître, glissa la fillette.

— Un traître? Qu'est-ce que tu racontes? Ce n'est pas bien de répandre des calomnies.

— Si je te dis que c'est lui qui a ouvert la porte aux docteurs Castanède et Laramée le jour où je les ai suivis, diras-tu encore que j'invente?

Le visage de Gautier changea. Visiblement, il était troublé. Il tenta quand même une objection:

— Tu as dû te tromper: il arrive directement de Paris et ne connaît personne à Montpellier. Il me l'a dit. Si tu l'as confondu avec quelqu'un d'autre, tu l'accuses à tort. C'est injuste.

— Connais-tu beaucoup de jeunes gens qui ont les cheveux aussi blonds et la peau aussi blanche dans notre cité?

L'argument porta. Les gens de Montpellier avaient en général la peau mate et les cheveux bruns; en conséquence, ceux qui étaient différents se faisaient remarquer.

LA FUNAMBULE

Néanmoins, Gautier, qui était un garçon raisonnable ne tirant jamais de conclusions hâtives, déclara :

— Ne nous emballons pas. Je vais l'observer de manière à me faire une opinion.

— Parfait, grinça Agnès qui, elle, tout au contraire, était très impulsive, ne fais rien. Moi qui croyais que tu étais dévoué à mon père !

— Agnès, calme-toi ! Je t'ai dit que j'allais être attentif. Comme tu m'as averti, si Auger tente quelque chose contre le docteur, cela ne m'échappera pas. Tu comprends ?

Agnès dut admettre qu'elle s'était enflammée trop vite, et elle accepta de faire confiance à Gautier.

— Mais tu me raconteras tout, n'est-ce pas ?

— Bien sûr. Tous les soirs, on fera le point. Ça te convient ?

— Oui.

Elle était soulagée qu'il prenne ses inquiétudes au sérieux, car il était bien mieux placé qu'elle pour surveiller le traître et l'empêcher de nuire. Toutefois, elle était décidée à essayer d'en savoir plus par elle-même.

Pierron, qui n'avait rien dit pendant que Gautier était là, proposa après son départ :

— On pourrait aller faire un tour du côté de la maison où tu as vu entrer les docteurs, qu'est-ce que tu en penses ?

Non seulement elle était d'accord, mais elle était ravie que Pierron, lui aussi, veuille agir. À eux trois, ils sauveraient son père.

Le mendiant et la recluse

Agnès et Pierron se dirigèrent vers la rue de la Mégisserie où se trouvait la maison qui les intéressait, vraisemblablement celle de l'un des deux docteurs. Comme son nom l'indiquait, cette artère abritait les gens qui travaillaient les cuirs. Ils en faisaient des gants, des sacs ou des vêtements. La plupart des artisans qui exerçaient la même profession se regroupaient par rues ou par quartiers, selon leur nombre, mais il en allait autrement des médecins. Tout le monde avait besoin d'eux un jour ou l'autre, alors ils s'installaient parmi la population en prenant soin de ne pas être trop près d'un confrère pouvant leur faire concurrence.

Arrivés à proximité de la demeure, les enfants regardèrent autour d'eux pour vérifier s'il n'y avait personne de connu. Rassurés, ils s'approchèrent et observèrent la maison. Elle ne se différenciait guère de ses voisines, à l'exception des volets fermés. Les deux curieux, qui avaient espéré découvrir quelque chose, en furent pour leurs frais : rien n'était visible de l'extérieur. Ils restèrent là un moment, puis se résignèrent à s'en retourner. Ils étaient déçus de n'avoir rien trouvé et comprenaient qu'ils s'étaient assigné une tâche difficile. Pour savoir ce que préparaient les ennemis du père d'Agnès, il eût fallu qu'ils puissent les suivre dans l'espoir de saisir une conversation. Mais ils étaient retenus à l'atelier d'enluminure une bonne partie de la journée, ce qui compliquait la réalisation du projet.

Ils traînaient les pieds en traversant la place des Changes lorsqu'ils aperçurent Justin, le petit mendiant. Il avait à peu près leur âge et vivait dans la rue depuis la mort de ses parents, quelques années auparavant.

À la sortie de la messe, il mendiait sur le parvis de l'église Notre-Dame des Tables où il recueillait toujours quelques sous. Il servait également de commissionnaire aux uns et aux autres. Les moines lui avaient proposé de l'accueillir chez eux. Il aurait fait partie des convers, ces personnes qui se consacrent aux travaux manuels dans un monastère. Malgré leur insistance, Justin n'avait jamais accepté, car il voulait rester libre. Né à la campagne, il ne supportait pas l'idée de vivre enfermé dans un couvent.

Agnès et Pierron le connaissaient bien parce qu'il était le protégé de la recluse, à laquelle Maria les envoyait porter de la nourriture. Cette femme, que toute la cité respectait, avait décidé un jour de renoncer à sa liberté et de se consacrer à la prière. Pour cela, elle s'était installée dans une logette accolée à Notre-Dame des Tables et avait demandé à y être enfermée. Lors d'une grande cérémonie présidée par l'évêque, un maçon avait muré la porte, et depuis, comme elle l'avait voulu, elle ne pouvait plus sortir.

Il y avait une fente dans le mur de l'église pour lui permettre de suivre la messe, et une fenêtre qui donnait sur la place. Par cette ouverture, les gens lui apportaient à manger et, souvent, la consultaient, car elle avait une réputation de bonne conseillère. Elle mangeait très peu et distribuait presque tout aux nécessiteux.

Justin jouait fréquemment avec Agnès et Pierron, à cache-cache le plus souvent. Ils se poursuivaient derrière les étals du marché, au grand déplaisir des commerçants qui craignaient pour leurs marchandises. Agnès cachait à Maria ses escapades avec le mendiant parce que la gouvernante les désapprouvait, persuadée qu'un enfant soustrait à l'autorité des adultes aurait une mauvaise influence sur elle.

Justin, intrigué par leur maussaderie, les interrogea. Pierron allait répondre quand Agnès lui fit signe de se taire. Le jeune mendiant s'en aperçut et se vexa.

— Je vois, vous n'avez pas confiance en moi.

— Mais si, qu'est-ce que tu vas imaginer ? protesta mollement Pierron tout en jetant à Agnès un regard de reproche.

La fillette se sentait mal à l'aise vis-à-vis de Justin. Elle s'expliquait mal sa réticence à le mettre dans le secret. Elle avait confiance en lui, le problème n'était pas là, mais il s'agissait de son père, et elle avait le sentiment qu'il n'était pas correct d'ébruiter l'affaire. Elle avait besoin d'y réfléchir.

— Jouez sans moi, dit-elle aux garçons, j'ai besoin d'être seule.

Un peu interloqués, ils la virent s'en aller vers l'entrée de l'église. Pensant qu'elle allait prier, ils s'éloignèrent en se poursuivant parmi les étalages. Agnès, leur jetant un coup d'œil, constata qu'ils l'avaient déjà oubliée.

En se dirigeant vers Notre-Dame des Tables, où elle avait effectivement l'intention de se recueillir dans l'espoir qu'une solution lui apparaîtrait, elle passa devant la logette de la recluse. Pourquoi ne pas la consulter ? se dit-elle. La femme était toujours très aimable avec elle. Sachant qu'elle n'avait pas de mère, elle encourageait Agnès à lui confier ses peines et la réconfortait.

Elle s'approcha de la fenêtre et salua la recluse. Celle-ci, voyant qu'elle avait les mains vides, supposa que ce n'était pas Maria qui l'envoyait.

— Tu as quelque chose à me raconter ? lui demanda-t-elle d'une voix douce. J'ai beaucoup entendu parler d'une certaine funambule, ajouta-t-elle malicieusement.

La recluse, qui n'était pas sortie depuis peut-être vingt ans, était au courant de tout ce qui se passait dans la cité, car il y avait toujours quelqu'un qui s'arrêtait pour l'informer des derniers événements ou pour la consulter sur ses propres affaires.

Agnès ne releva pas l'insinuation et la femme n'insista pas. Visiblement, le problème dont la fillette souhaitait l'entretenir n'était pas relié à sa promenade du dimanche sur la poutre.

— Je t'écoute, l'encouragea-t-elle.

Agnès se lança.

— Après la procession, j'ai entendu par hasard une conversation entre les docteurs Laramée et Castanède.

Et elle rapporta tout, sans oublier sa gêne d'en parler à Justin parce qu'elle avait le sentiment de trahir son père en mêlant un tiers à une affaire dont il ne voulait pas qu'elle s'occupe.

Contrairement au docteur Calvet, la recluse prit la menace au sérieux.

— Tu fais bien de te méfier, approuva-t-elle. J'ai entendu une rumeur disant que Laramée briguait le poste de chancelier, mais je ne savais pas qu'il était destiné à ton père. Laramée est un ambitieux qui fera tout son possible pour obtenir satisfaction. Quant à Justin, je suis sûre qu'il serait prêt à t'aider. Lui, il a tout son temps et on ne le remarque pas : il pourrait surveiller tes suspects. Et puis, rassure-toi, tu ne trahis pas ton père. Tu essaies de l'aider, c'est tout. Parle à Justin et reviens me voir si tu as besoin de conseils.

Soulagée, Agnès partit à la recherche de ses deux amis. De l'autre côté de l'église, on entendait des cris furieux. Elle s'approcha et vit un spectacle dont il ne ferait pas bon rire lorsqu'elle retrouverait celui qui en était le héros. En effet, un marchand tenait Pierron par le col de sa tunique et l'obligeait à ramasser les noix répandues aux alentours en l'invectivant. Le garçon avait beau protester que ce n'était pas de sa faute, l'homme ne se laissait pas attendrir. Aucune trace de Justin. Nul doute que le petit mendiant, plus rapide, avait échappé au furieux et observait la scène d'un lieu proche mais sûr. Agnès rôda dans les environs et son hypothèse se confirma : Justin était caché derrière une peau d'ours du marchand de pelleteries. La situation de Pierron se passait de commentaires et la fillette entra directement dans le vif du sujet.

— Je vais te raconter ce que je ne t'ai pas dit tout à l'heure.

Le jeune mendiant s'était renfrogné à la vue d'Agnès parce qu'il n'avait pas oublié la méfiance dont elle avait fait preuve à son égard, mais à ces paroles, il retrouva sa bonne humeur. Comme la recluse l'avait deviné, il se proposa pour surveiller le docteur Laramée. Les deux enfants étaient redevenus les meilleurs amis du monde lorsque Pierron les rejoignit, la dernière noix ramassée. Devant son air sombre, Agnès et Justin se gardèrent de faire la moindre allusion à sa mésaventure. Pour lui changer les idées, Justin les défia à la course et Pierron retrouva le sourire.

Ils se faufilèrent à travers les étals du marché, se glissant parmi les étoffes, frôlant les épices, rasant les monticules de légumes, mais en prenant soin d'éviter le marchand de noix. Justin gagna, comme d'habitude. L'heure étant venue de rentrer pour les habitants de la rue Fournarie, il les raccompagna jusque chez eux.

— C'est sur cette poutre que tu as traversé ? demanda-t-il à Agnès.

— Oui, répondit-elle, agacée.

— C'est bon, ne grogne pas.

— J'en ai assez qu'on me parle de ça.

— Pourtant, tu devrais être fière. Peu de gens oseraient le faire.

Le compliment la fit rougir. Venant de quelqu'un qui n'avait peur de rien, c'était flatteur. Elle pensa avec amusement à la tête de Maria si elle avait entendu. Aux yeux de la gouvernante, cela aurait été la confirmation qu'il était nuisible pour Agnès de fréquenter Justin.

Une conversation instructive

7

C'était dimanche. La première semaine d'apprentissage d'Agnès était terminée. Le jour du Seigneur serait consacré à la messe et au repos. Tandis qu'elle enfilait la tunique réservée aux cérémonies, la fillette pensait à la semaine écoulée. Elle avait déjà appris une quantité de choses, mais surtout, elle avait pu mesurer à quel point il serait long d'acquérir l'habileté de maître Cazenave. Son admiration pour lui avait décuplé depuis qu'elle le voyait à l'œuvre. L'enlumineur était un artiste à la main sûre, très apprécié par ses clients. Il travaillait à un recueil de prières, appelé livre d'Heures, que la comtesse de Rivel lui avait commandé. Il l'avait commencé avant

Noël et il faudrait encore des mois de travail pour le terminer.

Sur la page de gauche, Firmin avait écrit le texte en laissant un carré à la place de la première majuscule de chaque paragraphe. Maître Cazenave avait d'abord tracé la lettre à la mine de plomb, l'avait enrichie d'arabesques, puis peinte avec des couleurs vives, essentiellement du vert, du rouge et du bleu, rehaussées d'un mince trait d'or. Toute la page de gauche serait illustrée. La comtesse voulait que l'enlumineur représente les saisons. Pour l'automne, il avait dessiné une scène de vendanges. Au premier plan, les paysans cueillaient le raisin qu'ils déposaient dans des paniers. Lorsque ceux-ci étaient pleins, ils les déversaient dans des cuves posées sur une charrette attelée à des bœufs. Dans le lointain se dressaient les tours du château seigneurial. Maître Cazenave n'avait pas encore commencé la peinture et Agnès se réjouissait de suivre chaque étape du travail. Elle aussi, un jour, enluminerait un livre d'Heures. Elle allait s'appliquer de son mieux pour prouver au maître qu'elle en était capable, car elle ne voulait pas se contenter de préparer les couleurs, comme le faisait Lisette, la mère de Pierron. Néanmoins, c'était par là qu'il fallait commencer, et elle avait bien écouté Lisette lorsque celle-ci leur avait expliqué de quelle manière elle les fabriquait.

— D'abord, avait-elle dit, sachez qu'elles peuvent être faites à partir de végétaux, d'animaux et de minéraux. Pour obtenir ce bleu — elle avait désigné la majuscule que son mari venait de terminer — , j'ai utilisé des baies de sureau, pour le rouge, du murex et pour le blanc, de la craie. Évidemment, ce ne sont que des exemples : il y a des quantités d'autres éléments qui sont employés pour produire les couleurs et vous les apprendrez petit à petit.

Agnès, qui ignorait ce qu'était un murex, avait posé la question à Pierron qui ne le savait pas davantage, mais qui s'en moquait.

— On ne peut pas tout apprendre les premiers jours, avait-il dit en haussant les épaules.

Il avait raison, mais elle aurait préféré le savoir. Elle se promit de poser la question la prochaine fois.

Les habitants des maisons Calvet et Cazenave avaient coutume de partir ensemble à la messe. Les stagiaires du docteur, Gautier et Auger, faisaient partie du groupe. Lorsqu'ils furent devant la cathédrale, Maria donna à Agnès le pain qu'elle avait apporté pour la recluse. En le prenant, la femme chuchota :

— Du nouveau ?

— Non, pas encore.

À la sortie de la messe, de petits groupes se formèrent pour bavarder. Le docteur Calvet, encadré de ses deux stagiaires, alla saluer le chancelier. Agnès leur emboîta le pas après avoir fait à Pierron un clin d'œil pour lui rappeler d'être aux aguets. Après l'échange de politesses, le chancelier se pencha vers le docteur et lui parla sur le ton de la confidence. Agnès ne perdit rien de ce qui se dit, pas plus qu'Auger, qui s'était rapproché d'eux comme par inadvertance, tout en feignant de s'intéresser à un jongleur qui était à proximité.

— Mon ami, dit le chancelier au docteur Calvet, je me sens las. Il est temps de me retirer. Il serait imprudent d'attendre davantage.

Agnès le regarda mieux. Sans qu'elle y prît garde, l'homme, qui était autrefois robuste et vigoureux, avait maigri et s'était voûté tandis que son visage s'émaciait. Il n'était plus qu'un vieillard malade et fatigué. Elle pensa fugitivement que son père vieillirait aussi. Il ne serait pas toujours là pour l'instruire et la protéger. Elle s'empressa de chasser cette triste pensée pour se concentrer sur la conversation.

— J'ai décidé, continua le chancelier, d'annoncer mon retrait et votre nomination lors de la cérémonie qui aura lieu en l'honneur des nouveaux diplômés, dans trois semaines.

Agnès gardait les yeux fixés sur Auger pour ne rien perdre de ses réactions. Dès qu'il entendit les paroles du chancelier, l'étudiant devint fébrile. Elle le vit chercher du regard le docteur Laramée. Flanqué de l'inévitable Castanède, ce dernier s'avançait vers le chancelier pour le saluer. L'étudiant fit un mouvement dans leur direction, puis se ravisa, se rappelant à temps qu'il avait prétendu ne connaître personne à Montpellier. Seuls les enfants, qui l'observaient, remarquèrent son geste réprimé.

Agnès s'éloigna des hommes et fit signe à Pierron de la rejoindre. Personne ne s'intéressait à leurs conciliabules et elle put lui répéter la conversation qu'elle venait d'entendre. Persuadés qu'Auger voudrait informer au plus tôt Laramée de ce qu'il avait entendu, ils tombèrent d'accord sur la nécessité de ne pas quitter l'étudiant d'une semelle, car ce serait peut-être l'occasion d'apprendre quelque chose. Ils cherchèrent Justin pour le mettre au courant, mais ils eurent beau faire le tour de la place, il resta introuvable. Pourtant, à la sortie de la messe, il mendiait sur le parvis. Quelqu'un avait dû le charger d'une commission. Que faire? Ils n'avaient pas le choix: ils devaient suivre Auger eux-mêmes, au risque d'être reconnus.

Les conversations épuisées, les gens se dispersèrent. Agnès et Pierron entendirent Auger dire à Gautier:

— Finalement, je ne t'accompagnerai pas au jardin médicinal du monastère, car il m'est venu un violent mal de tête. Je vais rentrer me reposer dans ma chambre.

— Pourquoi ne viendrais-tu pas plutôt chez le docteur? Je pourrais te faire une infusion de jasmin blanc: c'est souverain contre les migraines.

— Non, non, c'est inutile. Le silence et la solitude suffiront.

— Comme tu veux. À demain.

— À demain.

Tout en parlant avec son condisciple, Auger avait surveillé Laramée et Castanède du coin de l'œil. Il fit mine de se diriger vers la rue des Remparts, où il habitait, mais dès que Gautier eut disparu, il changea de direction pour se précipiter dans la rue où ses complices s'étaient engagés. Les enfants lui emboîtèrent le pas sans qu'il les remarque. La foule était dense : les gens profitaient du dimanche pour se promener, ce qui faisait l'affaire des espions. Les deux médecins conversaient en s'arrêtant de temps en temps, et Auger ne fut pas long à les rejoindre.

— J'ai une nouvelle très importante à vous apprendre, annonça-t-il sur un ton excité dès qu'ils furent à portée de voix.

— En latin, s'il te plaît ! l'admonesta Castanède. On pourrait t'entendre.

Agnès et Pierron échangèrent un signe d'intelligence : heureusement qu'ils n'avaient pas trouvé Justin ! Leur ami ne comprenant pas le latin, il n'aurait pas pu leur répéter ce qui allait se dire.

L'étudiant, penaud, s'excusa.

— C'est l'émotion, dit-il.

— Alors, cette nouvelle ? interrogea Laramée qui s'impatientait.

— Le chancelier va annoncer qu'il se retire et qu'il nomme Calvet à la remise des diplômes.

— Déjà ! s'exclama Laramée. Il faut que tu agisses vite.

— Ce n'est pas facile, objecta Auger, je ne suis jamais seul.

— Débrouille-toi, ordonna Castanède d'une voix dure. C'est pour ça qu'on te paye.

— Tu n'aurais pas dû venir nous parler, lui reprocha son compère. C'est imprudent. Si on te voyait…

Ce disant, il se retourna et jeta un coup d'œil dans la rue pour vérifier les alentours. Agnès et Pierron, qui étaient tout près, réagirent aussitôt : le garçon se précipita à terre et la fillette se jeta sur lui en faisant mine de le bourrer de coups de poing. Le docteur n'accorda même pas un regard aux galopins qui se battaient.

Après cette alerte, les enfants décidèrent de mettre une distance prudente entre eux et les trois hommes.

— De toute façon, dit Agnès, on sait tout ce qu'on veut savoir. Il faut avertir Gautier le plus vite possible.

Ils retournèrent sans plus tarder rue Fournarie. Gautier n'y était pas.

— Il a dû aller au jardin du monastère où il avait prévu de se rendre avec Auger, supposa Agnès. Allons à sa rencontre.

Le couvent était à l'autre bout de la ville, et ils partirent en flânant. Il faisait chaud. Pierron s'arrêta pour boire à une fontaine. Dans la flaque d'eau qui stagnait là en permanence, une petite grenouille verte résistait aux assauts d'un chat efflanqué en coassant de détresse. Comme le félin ne voulait pas se mouiller les pattes, elle restait hors d'atteinte de ses griffes en se tenant au milieu de la flaque. La grenouille avait été assez maligne pour échapper au chat, mais elle ne put rien contre Pierron, qui la captura et la garda prisonnière dans le creux de ses mains. Terrorisée, sans doute, la pauvre bête n'émit plus un son. Pierron fit mine de la lancer sur Agnès, mais il en fallait plus pour impressionner la fillette, et il se lassa.

— Repassons place de la Cathédrale voir si Justin est revenu, proposa-t-il.

Ils le trouvèrent assis contre la logette de la recluse. Il paraissait sommeiller. Pierron intima le silence à Agnès en posant un doigt sur sa bouche, s'approcha du dormeur sur la pointe des pieds et glissa la grenouille dans son dos. Justin poussa un cri et fit un bond, tandis que le minuscule batracien, qui était tombé au sol, s'empressait de quitter les lieux en bondissant comme un ressort. Justin sauta à la gorge de Pierron et ils roulèrent sur les pavés. La recluse, attirée par le bruit, apparut à sa petite fenêtre.

— Vous devriez avoir honte ! Arrêtez tout de suite !

Les garçons, qui ne se battaient pas vraiment, se relevèrent et s'approchèrent de la logette.

Agnès commenta :

— Ils sont idiots. Nous avons une mission importante à accomplir et nous n'avons pas de temps à perdre avec des bêtises.

Les garçons lui tirèrent la langue et elle en fit autant. Avant que cela ne dégénère, la recluse leur demanda s'ils avaient des nouvelles. Agnès résuma la conversation qu'ils avaient surprise entre Auger et ses complices et dit qu'ils étaient en chemin pour aller en informer Gautier.

— C'est bien ce qu'il faut faire, approuva la femme. Et toi, ajouta-t-elle à l'adresse de Justin, tu dois maintenant surveiller Auger plutôt que Laramée.

— C'est vrai, confirma Agnès, et ton rôle est aussi essentiel que celui de Gautier. Nous, regretta-t-elle, nous ne pouvons malheureusement pas faire grand-chose.

L'étudiant du docteur Calvet s'attarda au monastère jusqu'à la fin de l'après-midi. Pour passer le temps, les enfants jouèrent aux dés. Ils auraient préféré un jeu leur permettant de se dépenser, surtout Agnès et Pierron, qui avaient passé la semaine à l'atelier d'enluminure, mais ils avaient peur de rater Gautier s'ils s'éloignaient.

Dès qu'il mit un pied dehors, Agnès et Pierron l'assaillirent. Ils parlaient tous les deux en même temps et Gautier n'y comprenait rien. Justin, toujours un peu méfiant vis-à-vis des adultes, se tenait en retrait.

— Calmez-vous, protesta l'étudiant. Je ne comprends rien à ce que vous dites. Agnès, explique-moi. Si elle oublie quelque chose, tu compléteras, Pierron.

Mis au courant, Gauthier convint qu'il ne fallait pas prendre ces informations à la légère, mais il était plus optimiste que les enfants. D'après lui, le docteur Calvet n'était jamais seul avec Auger, ce qui limitait le pouvoir de nuire de ce dernier.

— Dis-moi que tu le surveilleras, insista Agnès.

— Bien sûr, tu peux compter sur moi.

Le danger se précise

8

Le lundi, après la journée de travail, Gautier, qui guettait Agnès, l'appela. Il était dans le jardin médicinal, loin de toute oreille indiscrète.

— Malheureusement, dit-il, je crois que tu avais raison de soupçonner Auger des pires desseins. Je l'ai trouvé dans une situation délicate : profitant du fait que ton père était descendu accueillir un patient, il tripotait des pots sur l'étagère aux potions. Il ne s'attendait pas à me voir entrer et a eu l'air gêné. Bien qu'il ait prétendu être venu chercher des feuilles de jasmin pour soigner ses maux de tête, je suis sceptique parce qu'il était du côté des poisons. Je n'ai pas posé de questions pour ne pas éveiller sa méfiance, mais j'ai l'intention de le surveiller de très près.

L'inquiétude serra le cœur d'Agnès. Elle connaissait bien les pots de cette étagère : son père lui avait maintes fois répété qu'elle ne devait y toucher sous aucun prétexte. Ces poisons entraient en proportion infime dans la composition de certains médicaments, mais son père en avait une quantité suffisante pour tuer quelqu'un.

— Est-ce qu'il a eu le temps d'en prendre ? demanda-t-elle.

— Je ne crois pas : il n'avait rien dans les mains.

L'alerte était sérieuse et le danger se précisait : les ennemis de son père voulaient l'empoisonner.

Afin de la dissuader de toucher aux poisons, le docteur Calvet avait décrit à sa fille les effets de l'intoxication.

— C'est comme si le corps était dévoré par un feu intérieur que rien ne peut éteindre, avait-il expliqué. La souffrance est extrême.

Agnès ne voulait pas qu'Auger empoisonne son père. Par chance, il ne logeait pas chez eux : cela diminuait ses occasions d'avoir accès à la nourriture du docteur et d'y incorporer du poison.

— Sais-tu, continua l'étudiant, je crois qu'il est temps que je parle au docteur. J'ai une série de faits accablants à lui exposer, et il va être obligé de m'écouter. J'y vais de ce pas.

— Dieu veuille qu'il t'entende !

Le docteur Calvet arrêta son stagiaire dès les premiers mots.

— Gautier, enfin ! Tu ne vas pas croire les élucubrations d'une fillette trop imaginative.

— Mais j'ai vu Auger rôder près de l'étagère aux poisons.

— Je suis sûr qu'il avait une bonne raison. Veux-tu qu'on lui pose la question ?

— Non, surtout pas.

— Tu as raison. S'il savait que tu as à son sujet d'aussi vilains soupçons, vos relations deviendraient difficiles. Vois-tu, Gautier, j'ai beaucoup d'estime pour toi et je veux oublier ce que tu viens de me dire, mais je vais te donner un conseil : si tu veux être un bon médecin, crois uniquement ce que tu as vu en personne.

Gautier dut s'excuser. Il alla piteusement raconter son échec à Agnès qui l'attendait sans grand espoir. Toutefois, pour ne pas la peiner, il n'avoua pas à la fillette que l'assurance du docteur l'avait ébranlé. Il devait bien admettre que tout ce qu'il savait de ce complot lui venait d'Agnès. Lui-même n'avait à reprocher à Auger que sa présence près de l'étagère des produits toxiques. Or, le médicament contre la migraine n'en était pas très éloigné.

Les jours suivants, Auger n'eut plus la moindre attitude équivoque et Gautier fut de plus en plus convaincu qu'il avait sauté trop vite aux conclusions. Après tout, les enfants étaient jeunes et impressionnables : ils avaient dû déformer et exagérer involontairement les paroles qu'ils avaient entendues. Auger, dont les migraines avaient disparu, était avec lui plus aimable que jamais. Il lui décrivait la ville de Paris et les nombreux étudiants, venus de toute l'Europe, qui animaient ses rues et distrayaient les gens avec leurs coutumes étranges. Gautier, qui n'avait jamais quitté Montpellier, l'écoutait avec plaisir et rêvait de voyages.

Heureusement, Agnès ne se douta pas du revirement de Gautier. Si elle l'avait su, elle en aurait perdu le boire et le manger.

Un matin, un paysan entra dans l'atelier d'enluminure alors qu'Agnès et Pierron s'entraînaient à tracer avec leur index des volutes et des arabesques sur une tablette recouverte de sable. C'était également de cette façon qu'ils avaient appris à écrire. Maître Cazenave ne leur permettrait de passer à la mine de plomb sur un parchemin que lorsqu'il les jugerait parfaitement habiles. L'arrivée du paysan apporta une diversion. Tout le monde s'arrêta pour le saluer et écouter les nouvelles du dehors. L'homme vivait dans un hameau peu éloigné de la ville, mais néanmoins situé dans une zone assez sauvage. Il venait livrer à l'enlumineur une provision de kermès, ces œufs d'insectes séchés, qui seraient utilisés pour produire un rouge différent de celui du murex, dont Agnès avait appris qu'il s'agissait d'un mollusque. Il avait mis sa récolte dans un petit sac d'étoffe qu'il tendit à l'enlumineur en disant :

— Nous vivons un drôle de temps, maître Cazenave, oui, un drôle de temps.

— Que vous est-il arrivé, Joseph ?

— À moi, rien, parce que j'ai la chance d'avoir ma maison un peu à l'écart du hameau. Ils ne l'ont pas vue.

— De qui parlez-vous ?

— Des brigands, voyons ! Vous ne savez pas ce qu'ils ont fait ?

— Non.

— La nouvelle n'est pas arrivée jusqu'ici ? Ça m'étonne. Eh bien, dans ce cas, je vais vous raconter.

Il se planta au milieu de l'atelier et tout le monde s'approcha pour l'écouter.

Deux jours plus tôt, alors qu'il récoltait le kermès dans la campagne, des brigands armés de bâtons avaient envahi le hameau et réuni tout le monde autour de la fontaine. Tandis que deux d'entre eux tenaient les gens en respect, les autres avaient fouillé les chaumières et pris tout ce qu'il y avait de bon. Pour finir, ils avaient mis le feu aux toits de chaume.

— Ces pauvres gens n'ont plus rien, conclut-il, plus rien.

Un silence consterné suivit son récit.

— Le seigneur va sans doute les poursuivre, supposa Firmin. S'il les rattrape, il les pendra.

— S'il les rattrape. Mais ils sont malins, ils ne restent jamais longtemps au même endroit. Ils sont peut-être déjà loin. Et de toute façon, ça ne reconstruira pas les maisons. En ville, vous êtes à l'abri des murailles. Vous avez de la chance. Quoique moi, ajouta-t-il, je ne pourrais pas vivre à Montpellier. J'aurais l'impression d'étouffer avec toutes ces bâtisses et ces rues étroites. J'ai besoin du grand air et de l'espace.

— Par contre, vous avez des brigands, objecta Lisette, et des bêtes sauvages.

— À propos de bêtes, j'en ai vu une sur la place du Marché, en venant. Pour être sauvage, elle l'était, et dangereuse aussi. Malgré ça, elle attirait bien des badauds.

— Quelle bête ? demanda Pierron.

— Un ours. Son maître le tenait enchaîné, mais moi, je ne m'y fierais pas. S'il voulait s'enfuir, il n'aurait pas de mal. Je me suis bien gardé de m'en approcher, et au retour, je vais prendre un autre chemin.

Les yeux de Pierron brillaient tandis qu'il regardait sa mère d'un air suppliant. Celle-ci devina sans peine le désir de son fils.

— Je n'ai pas le temps de faire le marché, déclara-t-elle. Les enfants, allez-y à ma place. J'ai besoin d'un chou et d'une tête d'ail.

Il ne fut pas nécessaire de le leur demander deux fois. Le paysan n'avait pas fini de dire que c'était folie d'introduire dans la cité des animaux sauvages qu'ils étaient déjà au coin de la rue.

Le montreur d'ours fut facile à repérer, car il y avait un attroupement autour de lui. Comme les badauds plus grands qu'eux leur bouchaient la vue, Agnès et Pierron grimpèrent sur le rebord de la fontaine. Dressé sur ses pattes arrière, l'ours brun dépassait son maître d'une bonne tête et avait une carrure trois fois plus large. Il tapait comme un sourd avec ses pattes sur un tambourin attaché à son cou. C'était plus du tintamarre que de la musique, mais il n'en ravissait pas moins le public qui applaudit à tout rompre. Lorsque l'ours fit le tour des spectateurs, la patte tendue pour recueillir de la monnaie, les gens ne se firent pas prier.

Avant de faire leurs achats, les enfants firent un détour par la logette de la recluse.

— Que faites-vous ici ? leur demanda-t-elle. Je vous croyais au travail.

— On a des courses à faire, répondit Agnès.

— Et on a vu l'ours savant, ajouta Pierron. Il était formidable !

— Je n'en doute pas, dit-elle en souriant. Vous tombez bien : j'ai une importante nouvelle à vous communiquer. Je la tiens de Justin. C'est grave, ce qu'il a vu.

En effet, c'était grave : la veille, Auger était sorti de la ville pour se rendre à une chaumière isolée bien connue de tous, et dont les gens honnêtes évitaient de s'approcher. C'était la demeure d'une vieille femme appelée la Sorcière. La rumeur lui prêtait des pouvoirs malfaisants. Chaque fois qu'il y avait une mort suspecte, humaine ou animale, à Montpellier ou dans ses environs, on la lui attribuait. Elle avait la réputation d'être habile dans la fabrication des poisons.

— Il a peut-être déjà empoisonné mon père, s'affola Agnès.

— Ne t'inquiète pas, répondit la recluse. Auger n'a pas encore le poison : la Sorcière a besoin de quelques jours pour le préparer.

En retournant rue Fournarie, Pierron essaya de rassurer Agnès.

— Tant qu'Auger n'a pas le poison, affirma-t-il, ton père ne risque rien.

— C'est vrai, mais il l'aura bientôt. À ce moment-là, il ne faudra jamais relâcher notre vigilance. Et comment pourrai-je surveiller ses agissements alors que je ne serai même pas à la maison ?

— Gautier va s'en charger.

— Gautier… Je ne sais pas si je peux vraiment lui faire confiance.

— Pourquoi dis-tu ça ?

— J'ai l'impression qu'il ne me croit plus depuis qu'il a parlé à mon père. Il a dû le convaincre que j'ai tout inventé.

— Sans Gautier…

Ils étaient presque arrivés lorsqu'ils croisèrent Justin qui les cherchait. Le jeune mendiant leur répéta ce que la recluse venait de leur apprendre. D'après lui, Auger irait chercher le poison une fin d'après-midi puisque le reste de la journée, il était chez le docteur Calvet.

LA FUNAMBULE

— Je le suivrai tous les jours et je vous avertirai dès qu'il y sera allé. Comptez sur moi.

Cette promesse allégea un peu le souci des enfants. Ils étaient presque parvenus à la porte de l'atelier quand Agnès se tapa le front.

— Le chou et l'ail ! On les a oubliés.

Ils repartirent en courant vers la place du Marché.

Un plan de défense

9

De petits plaisirs ponctuaient la journée de travail. Un des plus appréciés était annoncé par la voix rocailleuse d'un colporteur qui criait depuis le bout de la rue :

— Oreillettes ! Oreillettes croustillantes ! Oreillettes !

Dès qu'elle l'entendait, Agnès avait l'eau à la bouche, car elle adorait ces petits beignets frits si légers et si savoureux. L'homme avançait lentement et l'attente était presque un supplice.

— Maman, demandait invariablement Pierron tous les jours, voulez-vous que j'aille nous chercher des oreillettes ?

— Patience, mon fils, il arrive.

— Mais s'il ne lui en restait plus ?

LA FUNAMBULE

— N'aie crainte, il sait que nous sommes de fidèles clients, il nous les garde.

Sucrées au miel, aussi croustillantes que le colporteur le promettait, les pâtisseries étaient délicieuses. Le passage du marchand d'oreillettes était l'occasion d'arrêter le travail un moment, de sortir se dégourdir les jambes et d'échanger quelques mots avec les voisins.

Ce jour-là, Agnès prétexta un oubli pour retourner chez elle: il fallait qu'elle voie Gautier pour l'informer des derniers développements. L'étudiant était dans la chambre du docteur, qui servait de salle d'étude. Auger était là aussi, occupé à étudier un parchemin, ainsi que deux étudiants plus jeunes à l'écoute du maître. La fillette se glissa furtivement dans la pièce. Elle voulait attirer l'attention de Gautier sans se faire remarquer des autres. Le jeune homme était en train de préparer une potion. Avec un pilon, il écrasait dans un mortier diverses herbes auxquelles il ajoutait un liquide goutte à goutte. Aussi immobile et silencieuse que Tibert, Agnès attendit que Gautier la voie. Lorsque cela se produisit, elle lui adressa un petit signe de connivence et elle quitta la pièce. Peu après, il la retrouva dans l'escalier.

— Justin a suivi Auger, dit-elle. Il est sorti de la ville et s'est rendu chez la Sorcière.

— En es-tu sûre ?

— Évidemment. Pourquoi Justin inventerait-il une histoire pareille ?

— Tu as bien fait de me le dire. Je ne le quitterai plus des yeux.

— Pour le moment, ce n'est pas nécessaire : il n'a pas encore le poison. Justin nous avertira dès qu'il sera allé le chercher.

Gautier était préoccupé en retournant à son mortier. Après s'être rallié à l'opinion du docteur, qui pensait que sa fille fabulait, voilà qu'il doutait de nouveau. Peut-être Agnès avait-elle raison ? Dans ce cas, la vie du maître était en danger. Si Auger préméditait vraiment son assassinat, lui, Gautier, pourrait-il l'en empêcher ? Il serait si facile à une personne malintentionnée de profiter d'une baisse de sa vigilance pour laisser tomber le poison dans le repas du docteur. Aujourd'hui, par exemple, rien n'aurait été plus aisé : absorbé par sa lecture, Calvet n'était pas descendu manger avec les étudiants. Maria lui avait apporté une écuelle de soupe qui refroidissait sur un coin de la table. Lorsqu'il s'apercevrait qu'elle était là, il la mangerait distraitement.

Agnès n'était pas moins soucieuse. Toute la journée, elle fut étourdie, et Lisette, après l'avoir rappelée à l'ordre plusieurs fois, finit par la renvoyer chez elle.

— Aujourd'hui, Agnès, tu n'as pas la tête à ce que tu fais. Tu seras plus utile à Maria. J'espère que ça ira mieux demain.

La fillette était confuse d'avoir encouru les reproches de la mère de Pierron. Elle qui voulait tellement bien faire !

Bien qu'Agnès soit en apprentissage, Maria continuait de lui enseigner tout ce que doit savoir une femme pour tenir sa maison. Le matin, avant de se rendre à l'atelier, la fillette aidait la gouvernante à faire la soupe au lard et, après la journée, c'était la couture. Elles s'installaient toutes deux dans le jardin, sur un banc placé à l'ombre d'un amandier, et elles bavardaient en tirant l'aiguille. Agnès fut effleurée par la tentation de se confier à la gouvernante. Maria était dévouée au docteur Calvet. Si elle avait su qu'il était en danger, elle aurait tout mis en œuvre pour le protéger. Mais Agnès repoussa aussitôt cette idée, car Maria aurait fait un esclandre. Elle imagina la gouvernante en train de pousser des cris d'indignation, d'interpeller Auger, de sommer le docteur de chasser l'étudiant. Mieux valait ne rien dire.

Le lendemain, Pierron sembla pris de la danse de Saint-Guy, cette maladie nerveuse qui se manifeste par des mouvements incontrôlables. Comme il se levait sans arrêt pour aller scruter la rue, son père, agacé, lui demanda :

— Pierron, ne peux-tu pas rester en place ? Tu nous déranges.

Le garçon s'excusa et fit de son mieux pour contenir son impatience. Néanmoins, il ne pouvait s'empêcher de jeter de fréquents regards vers l'extérieur. Agnès savait qu'il guettait Justin et elle s'empêchait d'en faire autant.

— Je ne sais pas ce qu'ils ont, ces enfants, soupira Lisette. Ils bougent comme un sac de puces. N'aurais-tu pas une course à leur confier ? demanda-t-elle à son mari.

— Ils pourraient aller avertir la comtesse de Rivel que j'ai fini la miniature de l'automne. Elle veut voir son livre d'Heures chaque fois qu'une partie est terminée.

La suggestion fit l'unanimité : les adultes ne supportaient plus l'agitation des enfants et ces derniers étaient ravis d'avoir l'occasion de courir aux nouvelles.

Ils foncèrent jusqu'à la cathédrale. Comme Justin n'y était pas, ils se rabattirent sur la recluse.

— Ah, c'est vous, dit-elle, je suis contente de vous voir. Justin est allé faire une course pour l'orfèvre. Il m'a dit que si je vous voyais, je devais vous avertir qu'Auger est allé chez la Sorcière. Ensuite, il est rentré chez lui.

Les enfants s'y attendaient. Néanmoins, ils étaient consternés.

— J'ai tellement peur qu'il arrive à ses fins, ragea Agnès.

— Gautier va le surveiller, je suppose.

— Oui, bien sûr, mais il suffirait qu'il tourne la tête pour que ce monstre en profite.

— Faites-lui confiance, conseilla la recluse d'un ton apaisant.

Encore fallait-il qu'il soit au courant. Or, quelle que soit l'urgence de la situation, la visite à la comtesse de Rivel avait priorité.

La noble dame fut enchantée de la nouvelle qu'ils lui apportaient.

— J'y vais tout de suite ! s'exclama-t-elle. Attendez-moi, nous irons ensemble.

Agnès aurait voulu partir immédiatement pour avertir Gautier, mais elle n'eut d'autre choix que d'obtempérer. Cela prit un temps infini avant que la comtesse soit prête : on dut lui amener sa litière, une sorte de lit ambulant porté par des serviteurs, puis avertir le capitaine des gardes qu'elle avait besoin d'une escorte, et pour finir, aller lui chercher un châle. Quand ils partirent enfin vers la rue Fournarie, il fallut encore se glisser parmi les encombrements. Il y avait de nombreux piétons, quelques cavaliers, des charretons de bois, des porteurs d'eau qui criaient pour qu'on ne les bouscule pas et même un petit troupeau de moutons qui ne cessait de s'éparpiller tandis que son propriétaire tentait de le conduire à l'abattoir. La comtesse avait demandé aux enfants de marcher à côté de la litière. Pour se distraire, elle leur posait toutes sortes de questions sur le travail à l'atelier. Agnès et Pierron se seraient volontiers passés de son intérêt bienveillant, mais il était indispensable de faire bonne figure à cette cliente riche et distinguée, et ils lui répondirent avec une apparente bonne grâce.

Quand elle mit enfin les pieds chez elle, Agnès commença par s'assurer de l'absence d'Auger. Tranquillisée sur ce point, elle chercha Gautier. Il était au fond du jardin, comme à son habitude. En voyant Agnès, il comprit tout de suite.

— Je suppose qu'Auger est allé chez la Sorcière.

— Oui. Cet après-midi. Après les visites aux malades. Il ne reste qu'une semaine avant l'annonce du chancelier. Il agira à la première occasion.

— Ça ne peut pas tomber plus mal : demain, je ne serai pas là.

— C'est impossible ! Il faut que tu le surveilles.

— J'ai promis au médecin du couvent de l'aider à cueillir les plantes médicinales. Il m'attend. Je ne vois aucun moyen de me décommander.

— Que faire ? C'est sûr qu'Auger va profiter de ton absence.

Ils réfléchirent un moment en silence.

— En arrivant au monastère, tu pourrais prétendre que tu es souffrant et revenir tout de suite.

LA FUNAMBULE

— Il ne me laissera pas repartir si je suis malade. Il me conduira plutôt à l'hôpital pour me soigner.

— Dans ce cas, tu ferais mieux d'être malade avant d'y aller.

— Je ne veux pas être impoli avec le moine en lui faisant faux bond.

— Tu peux charger Justin d'un message.

— C'est une bonne idée. Tu as raison, c'est ce que je vais faire.

— À ton avis, quand va-t-il agir ?

— Le meilleur moment est le dîner, après les visites aux malades. Ce sera difficile pour moi : personne ne doit me voir puisque je serai censé être cloué au lit.

— Tu peux te cacher dans la chambre de mon père, derrière les rideaux de l'alcôve. Et moi, je serai dans le coffre.

— Pas question ! Toi, tu vas à l'atelier.

— Comprends, Gautier, qu'il faut absolument que je sois là. Quand tu auras besoin d'aide, je courrai avertir maître Cazenave.

— Hum… Peut-être… Mais je n'aime pas beaucoup ça. Je ne veux pas que tu sois en danger.

— Dans le coffre, je ne risque rien.

— Bon, d'accord. Mais à une condition : il faut que tu me promettes de ne pas en sortir avant que j'aie maîtrisé Auger.

— Promis.

Gautier passe à l'attaque

10

Le lendemain matin, Maria héla Agnès depuis la cuisine pour la réveiller. D'habitude, la fillette sautait du lit tout de suite. Ce jour-là, il ne se passa rien. Maria cria de nouveau. Après son troisième appel sans réponse, un peu inquiète, elle se décida à monter. Quand Agnès entendit les pas de la gouvernante se rapprocher, elle se mit à geindre.

Maria s'enquit avec sollicitude :

— Qu'as-tu, mon petit, tu es malade ?

— Oui, Manou, j'ai mal au ventre.

— Est-ce que tu as souffert pendant la nuit ?

— Non. Seulement depuis que je suis réveillée.

— Tu as essayé de te lever ?

— Oui, mais ça me fait encore plus mal.

— Reste au lit, je vais te préparer une tisane. Ça te soulagera.

— Et maître Cazenave, qu'est-ce qu'il va dire ?

— Rien du tout, voyons, puisque tu es malade. Je vais aller l'avertir.

La première étape du plan avait fonctionné à merveille. Maria n'avait pas soupçonné un instant qu'Agnès jouait un rôle. Le plus dur pour la fillette allait être de rester au lit toute la matinée. Comme elle allait s'ennuyer ! Pourtant, il fallait en passer par là pour sauver son père.

Gautier avait réglé son problème la veille : Justin avait accepté d'avertir le couvent pour dire qu'il ne pourrait pas s'y rendre.

— Et moi, je ne fais rien, s'était plaint Pierron.

— Je ne vois pas ce que tu pourrais faire, avait rétorqué Agnès, impatientée. Si tu dis que tu es malade, tu seras coincé dans ta chambre, et si tu te proposes pour faire une course, ça va t'éloigner.

Le garçon avait grommelé que ce n'était pas juste et était rentré chez lui en boudant.

Vers la fin de la matinée, elle entendit grincer les marches de l'escalier. Peu après, Gautier s'encadrait dans la porte.

— Maria ne t'a pas vu, au moins ?

— Non. J'ai attendu qu'elle soit au jardin. Ils vont arriver bientôt. Je vais me cacher derrière les rideaux.

Peu après, la porte d'entrée s'ouvrit. Ce n'était pas le docteur et son étudiant, comme elle s'y attendait, mais Pierron.

Elle l'entendit qui disait à Maria :

— Je viens prendre des nouvelles d'Agnès. Est-ce que je peux monter la voir ?

— Vas-y, mais doucement. Je lui ai donné une infusion, peut-être qu'elle dort.

Au souvenir de la tisane qu'elle avait été obligée d'ingurgiter, Agnès fit la grimace : le breuvage était amer et malodorant et, en l'avalant, elle avait failli être réellement malade.

Pierron entra dans la chambre, le visage hilare. Il était ravi de son astuce.

— Allons vite dans le coffre, dit-il. Ils arrivent : je les ai vus au bout de la rue quand je traversais.

— Tu ne vas pas venir dans le coffre avec moi, protesta Agnès.

— Si.

— Maria va s'étonner que tu ne redescendes pas.

— Pas tout de suite. Elle va servir la soupe et elle ne pensera pas à moi.

Déjà, on entendait les voix des arrivants. Agnès n'avait plus le temps de discuter. Ils entrèrent dans la chambre du docteur. Heureusement qu'elle avait pensé à vider le coffre ! Elle avait entassé les vêtements qu'il contenait sur la paillasse de son père en prenant soin de laisser de la place pour Gautier. Ce dernier, un peu surpris de les voir tous les deux alors qu'il s'attendait à la seule présence d'Agnès, leur fit un petit geste de complicité et referma les rideaux. La fillette délogea le chat, couché sur le coffre. Tibert lui jeta un regard offensé et s'en alla d'un air dédaigneux s'installer sur la table de travail. Les deux enfants se glissèrent dans le coffre et coincèrent le couvercle afin qu'il reste légèrement entrouvert. Ainsi, ils auraient de l'air et verraient la chambre.

Ils étaient à peine installés que le docteur entra. Seul. Il se dirigea vers la table, caressa Tibert, qui s'étira et fit le gros dos, et s'assit devant le manuscrit resté ouvert. Pendant un temps qui parut interminable à ses protecteurs cachés, il ne se passa rien. Gautier n'était pas mal installé, mais les deux enfants avaient été obligés d'adopter une position très inconfortable. Accroupis, le dos voûté, ils craignaient de ne pas pouvoir tenir longtemps. Impossible de faire le moindre mouvement pour soulager les muscles endoloris : il n'y avait pas assez d'espace. Si encore le docteur avait bougé, s'il s'était passé quelque chose, ils auraient moins pensé à l'engourdissement douloureux de leur corps, mais il était tellement absorbé par sa lecture qu'il restait figé comme une statue.

Gautier se sentait mal à l'aise dans l'alcôve. Il imaginait le ridicule de sa situation si le docteur ouvrait les rideaux. Il aurait dû y penser à deux fois avant de se laisser convaincre par Agnès qu'il y avait vraiment un complot contre le maître. Justin avait pu se tromper : la cabane de la Sorcière était située dans la même direction qu'un monastère pourvu d'un hôpital où exerçait un médecin de grand renom. Il n'était pas impossible que la véritable destination d'Auger ait été le couvent, et que le jeune mendiant, ayant cessé de suivre le stagiaire en arrivant à proximité du repaire de la Sorcière, qu'il devait craindre comme tout le monde, l'ait ignoré. Gautier se demandait s'il ne serait pas plus simple de sortir de sa cachette et de s'excuser pour sa crédulité et sa bêtise.

Pierron, pour sa part, avait vu son exaltation diminuer jusqu'à disparaître complètement. Il était arrivé plein de fougue, décidé à terrasser l'ennemi et à se couvrir de gloire en sauvant le docteur.

Satisfait d'avoir réussi à s'imposer, il s'était glissé dans le coffre en frémissant de plaisir anticipé. Il le regrettait maintenant. Il avait mal partout, il s'ennuyait et il avait faim. Il évoquait avec regret ses parents qui devaient être en train de manger et son estomac vide le faisait souffrir.

Quant à Agnès, elle savait qu'elle avait raison et que son père était en danger. Mais elle pensait avec angoisse qu'elle aurait beaucoup de mal à convaincre ses complices qu'il fallait continuer de le protéger s'il ne se produisait rien ce jour-là.

C'est au moment où le moral des troupes était au plus bas que des pas se firent entendre dans l'escalier. Ils étaient trop légers et trop rapides pour être ceux de la gouvernante. Gautier derrière ses rideaux, Agnès et Pierron dans leur coffre, tous se raidirent dans l'attente de l'arrivant.

— Maître, dit Auger en entrant, Maria m'a chargé de vous monter votre repas.

— Merci, répondit Calvet sans lever les yeux. Pose-le ici.

Ignorant le geste vague qui désignait le bout de la table, Auger fit une place à la droite du docteur et y déposa l'écuelle.

— Vous devriez manger la soupe tant qu'elle est chaude, conseilla-t-il.

Le fumet du chou chatouilla les narines du docteur qui se laissa séduire.

— Tu as raison, je me rends compte que j'ai faim.

Il déposa précautionneusement le manuscrit hors de portée et plaça l'écuelle devant lui. Puis il prit la cuiller et la trempa dans la soupe.

Ce fut le déclenchement d'un cataclysme dans la chambre. Sous les yeux ébahis du docteur et d'Auger, le coffre s'ouvrit et il en sortit deux enfants qui hurlaient :

— Non ! Ne mangez pas !

D'un bond, Agnès fut devant son père. Elle lui arracha la cuiller et saisit l'écuelle. Le mouvement fut si brutal que le contenu se répandit sur le sol.

Gautier aussi était sorti de sa cachette, mais le docteur et Auger lui tournaient le dos et ne l'avaient pas encore vu.

Calvet se fâcha tout rouge.

— Par saint Damien, patron des médecins, pouvez-vous me dire ce qui vous prend ?

— C'est la soupe, répondit Agnès, elle est empoisonnée.

— Arrête de dire des sottises, ma fille, je t'en prie. Toute cette comédie a assez duré. Tu vas être punie. Et sévèrement, je te le garantis !

Il allait continuer sur ce ton quand il vit Agnès, devenue très pâle, désigner le plancher d'un doigt tremblant. Tibert, en proie à des convulsions, agonisait au milieu de la flaque de soupe qu'il était allé laper pendant que les humains s'agitaient au-dessus de sa tête.

— Tibert, murmura le docteur d'une voix peinée.

— C'est Auger qui a mis le poison ! hurla Agnès. Je le sais : Justin l'a suivi chez la Sorcière.

L'étudiant, pris de panique, s'élança vers la sortie sans songer à nier. Gautier s'interposa et ils s'empoignèrent.

— Vite, Pierron, va chercher ton père, cria Agnès.

Dans l'atelier d'enluminure, l'irruption de Pierron, hurlant comme un possédé, causa tout un émoi. Personne ne comprenait rien à ce qu'il disait, mais tous saisirent assez vite qu'il se passait des choses graves dans la maison d'en face et qu'il fallait aller prêter main-forte. Maître Cazenave et Firmin suivirent Pierron qui, voyant qu'ils venaient à la rescousse, prit la tête de la troupe. Lisette fermait la marche. Dans l'escalier, ils bousculèrent Maria qui montait péniblement, attirée par le vacarme. Elle leur demanda ce qui se passait, mais ils ne le savaient pas plus qu'elle.

Lorsqu'ils pénétrèrent dans la chambre du docteur, Gautier avait réussi à terrasser Auger qu'il maintenait au sol tandis que le docteur lui attachait les mains avec la cordelière de sa propre robe d'étudiant en médecine.

— Qu'est-ce qui se passe ici ? demanda maître Cazenave en voyant cette scène incroyable.

Le docteur se redressa et désigna sa fille.

— Je pense qu'Agnès est la mieux placée pour vous expliquer ce gâchis, dit-il.

— Agnès ? Qu'est-ce à dire ?

— Nous t'écoutons, mon enfant, l'encouragea son père. Raconte-nous tout depuis le début.

La chambre était pleine de monde : outre les protagonistes du début — le docteur, Pierron, Agnès et Gautier, qui surveillait Auger de près — , il y avait toute la maisonnée de l'enlumineur et Maria, qui reprenait difficilement son souffle. Devant ce public sidéré qui l'écoutait bouche bée, Agnès fit le récit de ce qui s'était produit depuis la première conversation entendue par hasard le jour de la fête des « Miracles de Notre-Dame ».

— Eh bien, mon ami, conclut l'enlumineur, vous devez une fière chandelle à cette enfant. Elle est tenace et brave.

— En effet, elle m'a sauvé la vie. Avec l'aide de Pierron, de Gautier et de Justin, qu'il ne faut pas oublier.

Le jeune mendiant, qui rôdait aux alentours depuis le matin et s'était faufilé à la suite des autres dans le tohu-bohu général, rougit de plaisir.

— Si je l'avais crue quand elle m'a averti, ajouta le docteur d'une voix triste, Tibert vivrait encore.

— Et Auger, demanda l'enlumineur pour éloigner ses pensées du chat, qu'allez-vous en faire ?

— Le livrer à la justice. Justin, veux-tu aller chercher les gardes à la tour du guet ?

Le jeune garçon partit aussitôt tandis que Gautier, assisté de Firmin, forçait le criminel à descendre à la rencontre des gardes. L'étudiant se débattait et criait que ce n'était pas lui le coupable, mais Laramée et Castanède, qui lui avaient promis de payer ses études de médecine s'il assassinait le docteur Calvet.

— En voilà deux qui ne vont pas rester médecins longtemps, je suppose, commenta l'enlumineur.

— Non. Ils sont la honte de la profession. Le chancelier va leur interdire d'exercer la médecine et les bannir de la ville. C'est tout ce qu'ils méritent.

Quand tout le monde fut parti, que le père et la fille se retrouvèrent seuls, le médecin regarda la fillette avec émotion.

— Merci, Agnès, tu m'as sauvé la vie. Tu es une enfant courageuse. Je suis fier de toi.

Agnès, le cœur gonflé de joie, descendit à la cuisine, où elle fut accueillie froidement. Maria, d'une voix fâchée, se lança dans une série de reproches.

— Quand je pense à ce qui aurait pu t'arriver! D'abord, tu fais la funambule et ensuite, tu t'attaques à un criminel! Tu vas me faire mourir d'inquiétude. Et en plus, tu ne m'as rien dit, à moi. Tu t'es confiée à

Gautier, qui a toujours la tête dans les nuages, à ce galopin de Pierron, qui t'entraîne toujours à faire des bêtises, et à ce vaurien de Justin qui vit dans les rues. Mais à moi, qui t'ai élevée, tu n'as rien dit !

— Manou, tu sais bien que tu ne m'aurais pas crue. Et en plus, tu m'aurais empêchée de sortir.

— Hum... Sans doute... Mais tout de même !

— Manou, reprit Agnès d'une voix caressante, embrasse-moi.

La vieille femme, désarmée et attendrie, regarda la petite fille si volontaire et si vaillante. Elle savait bien qu'elle ne la changerait pas malgré ses conseils et ses interdictions, et elle se dit que c'était peut-être mieux ainsi. Alors, elle lui ouvrit les bras et elles s'étreignirent.

Table des matières

9-11 ANS